EDITION W

Luna Al-Mousli

لونا الموصلي

Um mich herum Geschichten

Roman

Edition W

Mehr über unsere AutorInnen und Bücher:
www.edition-w.de

Die Deutsche Nationalbibliothek verzeichnet diese Publikation in der Deutschen Nationalbibliografie; detaillierte bibliografische Daten sind im Internet über http://dnb.d-nb.de abrufbar.

MIX
Papier | Fördert gute Waldnutzung
FSC® C083411
FSC
www.fsc.org

ISBN 978-3-949671-00-5

Umschlaggestaltung: Luna Al-Mousli
Satz: Publikations Atelier, Dreieich
Druck und Bindung: CPI – Clausen & Bosse, Leck
Printed in Germany

واحد

Sie sammelte schon immer ihre Gedanken. Seit meiner Ankunft beobachtete ich, wie sie umherlief, irgendein Notizheft oder einen Kalender aufschlug und hineinschrieb. Manchmal tat sie das während eines Gesprächs, eines Telefonates oder wenn sie fernschaute und Musik hörte. Wenn sie ihr Notizheft nicht fand, schrieb sie kurzerhand auf Zeitungen, Werbebroschüren oder Magazine. Sie nahm sich alle Weißräume vor und breitete dort ihre Gedanken aus. Auf die Ränder, zwischen die Zeilen und über die Fotos kritzelte sie. Überall, wo Platz war. Niemand durfte die Papierstapel auf und unter dem Wohnzimmertisch entsorgen. Auch nicht die Rechnungen, die in der Nähe lagen, und auf deren Rückseite sie ebenfalls schrieb. Die Stapel wuchsen und wuchsen. Dort verbargen sich persönliche Notizen, Geschichten und Gedichte.

Ihre Kinder dachten es sei an der Zeit, Ordnung zu schaffen und so kam ich zu ihr. Doch bis heute baute sie zu mir nicht die gleiche Beziehung auf, wie zu ihren Papierstapeln. Sie wurden zwar kleiner, aber ich konnte sie nicht – wie erhofft – ersetzen. Elegant, schwarz und glänzend kam ich daher. Der damaligen Mode entsprechend. Schlank, mit nur 2,41 Kilos auf den Hüften. Wir verstanden uns auf Anhieb gut. Immerhin beherrschte ich ihre Muttersprache wie meine eigene. Ihr Sohn richtete mich ein. Ihre Tochter klebte arabische Buchstaben auf meine Oberfläche. Ihr wurde erklärt, wie man mit mir umgeht. Die Basics.

Einschalten – hier klicken.

Schreiben – hier klicken.

Sprache ändern – hier klicken.

احفظ – اضغط هنا

اغلق – اضغط هنا

غير اللغة – اضغط هنا

Suchen – hier klicken.

Herunterfahren – hier klicken.

Sie hatte nun alles, was sie zu brauchen schien. Unendlich viel Papier zum Schreiben und Speichern. Nichts ging verloren. Ich hatte genug Platz für ihre flüchtigen Notizen und unerzählten Geschichten.

Irgendwann wollte sie mehr. Von einer Seite namens »Facebook« habe sie gehört. Alle nutzten es, berichtete sie ihrem Sohn und ihren Töchtern und so legten sie ein Profil für sie an. Beim Ausfüllen der Daten hatte sie jedoch ganz eigene Vorstellungen. Sie schubste ihre Tochter beiseite, nahm mich auf den Schoß und schnappte sich die Brille ihres Mannes, weil sie vor lauter Aufregung ihre eigene nicht finden konnte. Ihr Kopf wirkte nun klein und ihre Augen groß. Aus dem Papierstapel holte sie eine Zeitung hervor, von der sie ihre Daten abtippte. Sie hatte sich lange überlegt, welche Identität sie auf Facebook annehmen wollte.

Vorname: Amal

Nachname: Watan

Die Hoffnungen der Heimat. So nannte sie sich.

Geburtsdatum: 20.11.1982

Den im Wohnzimmer Anwesenden erklärte sie, wie sie auf diese Zahlenkombination kam.

»2011, das Jahr in dem das Volk sprach.«

Sie auch.

»1982, das Jahr in dem das Volk schwieg.«

Sie auch.

Das Schweigen nahm sie sich bis heute übel, damals war sie 23 Jahre alt. Sie nahm es ihrem Vater übel, damals war er 46 Jahre alt. Er erzählte ihr nichts. Vielleicht wusste er auch nichts. Sie traute sich nicht, ihn zu fragen. Aus dem gleichen Grund, aus dem im ganzen Land niemand fragte. Keiner sprach über das Massaker in Hama. Niemand wusste etwas oder schien etwas zu wissen. Nur die Erde, in der fast eine ganze Stadt begraben wurde.

»Ich will mich politisch äußern«, erklärte sie und legte mich zurück auf den Schoß ihrer Tochter. Die geriet ins Stottern und versuchte ihr deutlich zu machen, wie heikel solche Äußerungen in den sozialen Medien sein konnten.

»Ich weiß Bescheid, habe darüber gelesen«, unterbrach sie ihre Tochter. »Es werden keine Fotos gepostet, keine Namen genannt. Ich will mit dir und der Familie auch nicht befreundet sein. Anonym werde ich bleiben.«

Ich war überrascht. Diese alte Frau, die mich wie ein Schutzschild auf dem Schoß aufklappte und die sich hinter mir versteckte, die sich bei Diskussionen im Wohnzimmer nur am Rande bemerkbar machte, wollte sich äußern. Sie wusste Bescheid und war bereit, ihre Meinung mit einer unbekannten Masse zu teilen. Sie nahm sich Zeit, um ihre Posts zu formulieren und zu recherchieren, hörte gleichzeitig arabische Nachrichten im Fernsehen und deutsche im Radio.

Wenn sie in Gedanken vertieft tippte, schaute ich sie an. Sie hatte rotbraun gefärbte Haare mit einem weißen Ansatz. Je nachdem wieviel Henna sie unter die Haarfarbe mischte, änderte sich der Rotton. Wenn ich die Färbehaube auf ihrem Kopf sah, wusste ich, dass sie in ein paar Stunden verwandelt sein würde. Sie hatte einen Kurzhaarschnitt bis zum Kinn und grüne Augen. Oder waren sie blau? Sie trug drei goldene Ketten. An einer war ihre Lesebrille befestigt. Die Zweite reichte ihr bis zum Bauchnabel. Die Dritte war kurz. Eine vierte Kette kam hinzu, wenn die Sonne schien. An hellen Tagen setzte sie ihre Sonnenbrille auch in der Wohnung auf, wie ein Superstar. An ihren Händen trug sie ihre goldenen Ringe mit und ohne bunte Steine. Sie klimperten, wenn sie tippte. Konzentriert suchte sie einen Buchstaben nach dem anderen. Zwischen ihren oberen Schneidezähnen war eine Lücke. Durch diese Lücke kamen Sätze, die der Zensur ihrer Zähne Widerstand leisteten.

Ihre Enkelkinder kamen oft zu Besuch. Dann holte sie Datteln und Nüsse. Ich lag meist auf der Couchkante und hatte Angst, dass mich jemand unbeabsichtigt runterschubsen könnte. Wie aus dem Nichts erzählte sie, wie sehr sie sich für ihre Zahnlücke schämte. Aus diesem Grund sprach sie wenig und lachte nicht. Auf den wenigen Fotos, die sie vorzeigte, war hin und wieder zu erkennen, dass ihre Mundwinkel ganz leicht nach oben zeigten. Bei genauer Betrachtung war auch eine kleine Falte zu erkennen. Eine Lachfalte. Bei Konversationen hörte sie genau zu, hatte viel zu sagen, sagte aber nichts. So fing sie an zu schreiben.

In Ihrer Familie sei sie die erste Frau gewesen, die nicht nur die Grundschule abgeschlossen hatte, erzählte sie weiter. Sie besuchte die Oberstufe in der nahegelegensten Schule am Dorfrand. In den ersten Jahren ging sie noch mit den anderen Mädchen aus dem Dorf dorthin. Bis die Schulpflicht aussetzte. Ab da ging sie allein.

»Der Weg ist zu gefährlich für ein Mädchen«, sagte der Gemüseverkäufer am Ende der Straße.

»Sie ist bereits intelligent genug«, erklärte ihr Onkel bei jedem Besuch.

»Sie soll lieber zuhause bleiben und kochen lernen«, riet die Nachbarin von gegenüber.

Das Tratschen ging weiter. Alle gaben ihrem Vater Ratschläge und redeten auf ihn ein. Er solle seine Tochter endlich verheiraten. Dieser staubige Weg sei nichts für Mädchen aus gutem Hause. Irgendwann fing selbst ihre Mutter damit an.

»Ich brauche Hilfe im Haushalt«, beschwerte sie sich.

Als sie beschloss zur Universität zu gehen, sei ihre Mutter vollkommen ausgeflippt und teilte ihre Sorgen mit der Nachbarschaft. Der Weg wurde länger, denn sie musste nun nach Damaskus. Sie nahm mich auf den Schoß und sah nach, wie weit ihr Dorf Saqba von der Universität in Damaskus entfernt war. Sie blickte auf und sah ihre Enkel an.

»Ungefähr zehn Kilometer waren das. Stellt euch vor! Ich bin die Hälfte des Weges zu Fuß gegangen.«

Sie übertrieb mal wieder.

Sie vergrößerte die Karte auf dem Bildschirm und kam mir mit dem Gesicht ganz nah. Ich konnte ihren Atem spüren.

Sie blinzelte.

Ihre Augen wurden grün.

Sie blinzelte.

Ihre Augen wurden blau.

Sie blinzelte.

Ihre Augen wurden hellbraun.

Mit ihrem Finger fuhr sie den Weg nach, überquerte Bezirksgrenzen, Kreuzungen und Straßen. Sie wurde still, presste ihre Lippen zusammen und stand abrupt auf. Wieder lag ich auf der Couchkante und dachte an ihr Dorf. Ich wusste, wie sehr sie es vermisste. Aus den Gedichten, die sie nachts schrieb, aber nie jemandem vorlas. Aus einem Karton holte sie Schwarz-Weiß-Fotos hervor, eines zeigte sie mit einer anderen Frau. Es stellte sich heraus, dass es ihre ältere Schwester war. Beide hatten große aufgeblasene Frisuren und trugen schöne Kleider, die ihre Beine zeigten. Sie standen vor langen Vorhängen und links und rechts von ihnen waren Blumenarrangements aus Rosen, Nelken und Schleierkraut zu sehen, dazwischen große Lilien. Beide stemmten sie die Hände in die Hüften.

Sie begann weiterzuerzählen.

»Hätte meine Schwester nicht geheiratet und wäre nicht nach Damaskus gezogen, hätte ich wahrscheinlich nicht studieren können. Ich verbrachte jeden zweiten Tag in ihrer Wohnung und sie richtete mir ein kleines Zimmer her.«

Ihre Schwester und sie trafen sich nun mit Frauen aus einem anderen Milieu. Sie verbrachten ihre gemeinsame Zeit zwischen Brunch, Teekränzchen und Restaurantbesuchen mit anderen frisch verheirateten Frauen, die über ihre Männer lästerten.

»Unserer Mutter war die Universität ein Dorn im Auge. Genauso wie die Großstadt. Sie suchte darum weiterhin fleißig nach einem Mann für mich.«

Sie holte noch weitere Fotos aus der Box und stapelte sie übereinander auf meiner Tastatur. Die Bilder hatten unterschiedliche Formate, Kanten und Farben. Sie schien nach einem bestimmten Foto zu suchen. Bald war der Karton leer und der Stapel brach zusammen als sie wieder aufstand.

Als ihr die Nachrichten im Fernsehen und Radio nicht mehr aktuell genug waren, folgte sie allen möglichen Sendern und Gruppen auf Facebook. Sie wollte informiert bleiben. Denn was im arabischen Raum geschah, war etwas wovon sie nie zu träumen gewagt hatte. Ein Frühling wie kein anderer. Sie wollte wissen, wo sich die Menschen versammelten. In welchen Städten, um welche Uhrzeit, durch welche Gassen und Straßen sie gingen, welche Schilder sie trugen, welche Forderungen sie hatten und welche Hilfe sie leisten konnte. Am liebsten wäre sie mit ihnen gegangen. Sie verfolgte jeden Bericht und jede Diskussionsrunde. Manchmal wurde sie extrem wütend und fluchte im leeren Zimmer. »الله يلعنه – Gott verdamme ihn!« und »الله ياخده – Gott soll ihn zu sich holen!« Sie wurde dann immer lauter, schrie mich an und klappte mich fest zu.

Sie richtete sich Benachrichtigungen ein und alle paar Minuten meldete ich mich mit einem lauten Signal, um ihr das Neueste mitzuteilen, selbst wenn ich nicht wollte. Irgendwann ging ich mir selbst auf die Nerven und es war mir peinlich, wenn ich Gespräche unterbrach oder jemanden nachts aufweckte. Doch eh ich mich versah, saß ich wieder auf ihrem Schoß. Einem Schoß, auf dem ihre Enkelkinder sicher lieber gesessen hätten als ich. Die Masse der News-Ticker verdrängte private Messages. Ganz unten in ihrem Postfach waren die Nachrichten ihrer Schwester und ihres Bruders vergraben.

»Wir sitzen auf dem Balkon«, schrieb ihr die Schwester.

»الله يجمعنا – Möge Gott dafür sorgen, dass wir uns bald treffen können«, antwortete sie.

»Seine Cousins haben ihn«, schrieb ihr die Schwester.

Ein Code dafür, dass der Bruder im Gefängnis saß. Sie tippte ihre Antwort immer wieder, schickte sie aber nie ab.

Bald schon folgte sie auch radikaleren Gruppen, in der Hoffnung, die Mitglieder belehren zu können. Sie ging auf Diskussionen ein, kommentierte und präsentierte logische Schlussfolgerungen und Beweise, die mit jedem weiteren Post emotionaler wurden, bis sie aufgab. Ihre Beiträge bereitete sie sorgfältig vor. Zuerst schrieb sie diese in ein Word-Dokument und suchte die besten Berichte heraus, um sie zu verlinken und so ihre Ansichten untermauern zu können. Klick. Alles markieren. Rechtsklick. Kopieren. Einfügen. Teilen. Dann verharrte sie in gespannter Erwartung. Sie verfolgte genau, wer ihren Beitrag likte, teilte und kommentierte. Sie kommentierte auch selbst. Manchmal auf Deutsch, manchmal auf Arabisch. Wenn die Familie zu Besuch war, erzählte sie allen von den virtuellen Diskussionen, die sie führte. Sie las auch jene Beiträge vor, wegen denen sie aus so mancher Gruppe geflogen war. Stolz war sie, wenn sie jemanden von ihrer Meinung überzeugen konnte, was fast nie der Fall war.

Über ihren anderen Facebook-Account war sie mit der Familie und Bekannten vernetzt. Dort verfasste sie Beiträge mit ihren ganz persönlichen Gedanken und Erinnerungen. In der Runde fragte sie immer, ob alle ihre Beiträge gelesen, geliked und kommentiert hatten. Wenn nicht, nahm sie einen in die Mangel.

»Hattest du keine Zeit? Hast du den Inhalt nicht verstanden? Der Beitrag war lang und auf Arabisch, صعب شوي – ist ein bissl schwer.«

Wieder legte sie mich auf ihren Schoß und suchte dann nach dem besagten Beitrag.

»Da ist er ja!«, rief sie euphorisch und fing an vorzulesen. Alle mussten zuhören und leise sein, um anschließend ihre Meinung kundzutun. Sie nahm die Kritik ernst und verteidigte ihre kleinen literarischen Werke, wenn es sein musste. Im Internet lernte sie neue Freunde kennen, die ihren richtigen Namen nicht kannten. Sie gratulieren ihr zum Geburtstag und zu Feiertagen, schickten ihr Memes, Blumenfotos und YouTube-Videos, die sie in der Familien-Whatsappgruppe teilte.

Jeden Tag, wenn sie mich aufklappte, suchte sie mit der Brille ganz vorne auf der Nasenspitze und mit nach vorn gestrecktem Kopf, nach Informationen.

Aus der Gegenwart und der Vergangenheit.

Über politische Zusammenhänge.

Über gesellschaftliche Auswirkungen.

Über geografische Verbreitung.

Über historische Beweisführung.

Über religiöse Auslegungen.

Und ich hatte auf alles eine Antwort.

In kürzester Zeit änderten sich auch ihre Rituale. Statt sich morgens Kaffee zu kochen, klappte sie mich auf. Statt sich samstags mit ihrer Familie zu unterhalten, schrieb sie Menschen, die Hilfsorganisationen leiteten und Medikamente und Essen sammelten. Sie musste nicht einmal mehr den Einschaltknopf drücken, denn sie schaltete mich nicht mehr aus. Sie verbarg sich zwischen den Browser-Fenstern und verkroch sich in diesem Teil der Realität, den sie sich bewusst aussuchte und dem sie unbewusst zum Opfer fiel. Sie starrte mich unendlich lange an und merkte nicht, wie durchgebrannt ich und wie müde sie bereits war. Ich wurde kraftlos, sie wurde bitterer. Ich wurde dunkler und ihr Haaransatz heller – bis mein Bildschirm schließlich schwarz blieb. Sie verbrannte sich die Finger an meinem Metall und Plastik, nahm mich vom Strom und schloss mich wieder an, klappte mich auf und wieder zu. Sie stellte mich auf dem Kopf. Nichts half. Es lag am Kabel, aus dem ganz viele kleine bunte Kabel herausquollen. Sie handelte instinktiv und suchte hastig nach Klebeband, so als müsse sie eines ihrer Enkelkinder verarzten. Zuerst säuberte sie die Wunde und umwickelte dann die verletzte Stelle fest mit einer doppelten Schicht Verbandstape. Und siehe da, es half. Plötzlich ging mein Licht wieder an und ich sah die Erleichterung zwischen ihren Stirnfalten.

Egal, ob Gäste zum Abendessen oder die Familie auf Kaffee und Kuchen vorbeikamen, ich blieb immer in Reichweite. Wenn sie aus dem Haus ging, versteckte sie mich unter der Couch oder legte eine blau-goldene Decke über mich. Bald schlief sie auch neben mir. Nur um nachts aufzuwachen und weiter zu tippen. Die Nachrichten fraßen uns beide auf.

Wenn sie kurz den Raum verließ, um auf die Toilette oder in die Küche zu gehen, hörte ich ihre Kinder und Enkelkinder tuscheln und sich beratschlagen, wie sie das Thema ansprechen sollten. Wobei sie auch in ihrer Gegenwart hätten sprechen können, denn sie hatte ohnehin nur Ohren für mich und schnappte kaum mehr als Wortfetzen auf. Was wollten sie überhaupt ansprechen? Nebeneinander aufgereiht saßen sie und schauten mal nach links, mal nach rechts, je nachdem, wer von ihnen das Wort ergriff. Internetsucht? Abhängigkeit? Depression? Diese alte Frau konnte doch nicht internetsüchtig sein. War das nicht eher eine Diagnose für Pubertierende? Die Enkelin zog ihr Smartphone aus der Hosentasche, googelte ‚Anzeichen für Internetsucht' und las dann leise vor:

»Erstens: Zwanghafter Drang sich ins Internet einzuloggen.« Alle schauten nach links.

»Sie ist ständig im Internet. Wenn nicht über ihren Laptop dann über ihr Smartphone.« Alle schauten nach rechts.

»Zweitens: Rückzug aus dem Sozialleben.« Alle schauten wieder nach links.

»Mutti geht nur noch zu irgendwelchen Demos, aber sonst nirgendwo hin. Wenn ich mal einen Spaziergang vorschlage, sagt sie, sie habe keine Zeit.« Alle schauten nach rechts.

»Drittens: Nachlassende Leistungsfähigkeit.« Alle schauten nach links.

»Sie isst nicht mehr g'scheit, vergisst Arzttermine und wirkt immer abwesend.« Alle schauten nach rechts.

»Vielleicht war der Laptop keine gute Idee.« Alle lehnten sich nach vorne und starrten mich an.

Sie kam aus der Küche. Der Klang ihrer Hausschuhe auf dem Holzboden eilte ihr voraus. Alle lehnten sich abrupt zurück und starrten vor sich hin. Die einen suchten den Gesprächsfaden zwischen den blauen und roten Mustern im Teppich. Die anderen wanderten mit den Augen an der Wand entlang und verirrten sich zwischen dem Perlmutt-Bild und dem eingerahmten Puzzle, dem ein Stück fehlte. Die dritte Tochter machte schließlich den Anfang, stand auf und setzte sich zu ihrer Mutter.

»Mama, كيفك?«, fragte sie, doch ihre Mutter antwortete nicht.

Daraufhin stieß die zweite Tochter die erste mit dem Ellbogen, rief »Yallah« und beide rutschten mit ihrem Gesäß an die vordere Kante des Sofas.

»Wir sind zu Besuch und du unterhältst dich nicht mit uns. Dabei nehme ich mir extra die Zeit nach einem anstrengenden Dienst, um herzukommen«, sagte die zweite, worauf die erste ihr auf den Fuß trat. Doch ihre Mutter schaute gar nicht vom Bildschirm auf. Die dritte Tochter rutschte näher, legte eine Hand um ihre Mutter und zog mich langsam zu sich.

»Mama, wir müssen reden…« Bevor sie ihren Satz beenden konnte, fiel ihr die Enkeltochter ins Wort.

»Oma du bist häufiger vor dem Bildschirm als ich.«

Die dritte Tochter klappte mich zur Hälfte zu und legte mich auf dem Wohnzimmertisch ab. Sie wollten sie von mir trennen. Oder wollten sie mir nur eine Verschnaufpause verschaffen? Schnell und hell wie früher war ich längst nicht mehr. Kurz wurde es still im Raum und sie schaute auf.

»Du bist nicht mehr ganz da, Mama. Ich verstehe, dass du auf dem Laufenden bleiben möchtest und, dass dich das alles beschäftigt بس مو هيك – aber nicht so!«

»نحن هون! Selbst, wenn wir vor dir sitzen, bist du ständig in Chats mit wildfremden Menschen vertieft. Wir sind hier!«, sagte die zweite in passiv-aggressivem Ton und fing sich einen weiteren Tritt von ihrer Schwester ein.

»Wir sitzen doch alle zusammen«, antwortete sie schließlich. »Ich schreibe gerade mit einer Frau, die

Spenden sammelt, um Kindern an der Grenze zur Türkei Rollstühle zu kaufen.« Sie lehnte sich vor, um nach mir zu greifen, doch die dritte Tochter schob mich weiter in die Mitte des Wohnzimmertisches.

»Mama, du hörst nicht zu! Immer geht es um irgendwelche Spenden in der Türkei, in Griechenland, im Libanon, in Jordanien. Immer ist es dringend. Immer sind es schreckliche Geschichten und unerträgliche Zustände. Immer bist du dort, nicht hier.«

»Geht es darum, dass ich keine Zeit mehr für euch habe?«

»Nein…!«

»Aber was soll das denn dann? Mir geht's gut.«

»Nein, dir geht's gar nicht gut.«

Tatsächlich hatten sich ihre Gesichtszüge verändert. Oder war es die Schwerkraft, die ihren Unfug mit ihr trieb. Ihre Mundwinkel zeigten in Richtung Boden. Unter ihren Augen wellte sich ihre dünne Haut und grüne, blaue und lila Adern kamen zum Vorschein. Ihre Augen waren glasig und gerötet. Mit dem Färben ihrer Haare wurde sie nachlässiger. Das Weißgrau breitete sich aus und vertrieb das rote Henna. Und sie, sie wurde ruhiger und wenn sie sprach, so waren es stets bedrückende Themen, die sie aufgriff und in den Raum warf. Immer kam sie auf die Schicksalsschläge zu sprechen, von denen sie las. Wenn sich über Stress in der Schule beklagt wurde, erwiderte sie: »Seid doch dankbar. In Syrien würden sich Kinder über euren Schulstress freuen.«

Wenn über das Essen hergezogen wurde, murmelte sie: »In meinem Dorf haben die Menschen seit zwei Jahren kein Obst gesehen, geschmeckt oder gerochen.«

Wenn über die winterliche Kälte gejammert wurde, entgegnete sie: »Zumindest kannst du in deiner Wohnung heizen und erfrierst nicht an fremden Grenzen.«

Die Stimmung kippte schnell und so äußerte sich bald niemand mehr. Genervt verließ eine Tochter nach der anderen das Haus. Doch ich wusste genau, dass sie ihren Schmerz verstanden. Immerhin war es auch das erste Mal seit 32 Jahren, dass sie weder im Sommer noch im Winter ihr Dorf besuchte. Auch nicht im folgenden Herbst. Oder im darauffolgenden Frühling. Sie packte ihre Koffer weder ein noch aus. Sie sah ihr Dorf nur noch im Internet, durch mich. Genau wie ihre Geschwister.

Sie tippte Namen von Städten, Straßen und Gassen ein, speicherte Bilder, zeigte sie ihren Kindern und Enkelkindern und tippte aufgeregt mit dem Finger auf meinen Bildschirm. »Da bin ich zur Schule gegangen! Da hat meine Tante gewohnt! هاي هون بيت أبي – das ist das Haus meines Vaters! كان بيت أبي – es *war* das Haus meines Vaters!«, verbesserte sie sich. Ich spürte ihren spitzen Fingernagel. Je aufgeregter sie wurde, desto fester drückte sie. Ich mochte das nicht, obwohl ich ihre Begeisterung liebte. Auf diese Weise blieb sie ihrer Heimat nah. Ihren Geschwistern. Ihrem Dorf. Unterbrochen wurden ihre Erkundungstouren nur von Nachrichten, die immer düsterer wurden.

Dann suchte sie andere Städte und die vielen neuen Orte, an denen Teile ihrer Familie gestrandet waren, und berechnete die Entfernung.

Wien – Kairo, 3719 km

Wien – Beirut, 2703 km

Wien – Damaskus, 2790 km

Wien – München 403 km

Wien – Al Ghutah 2799 km

Wien – Montreal

Wien – Amsterdam

Wien – Dubai

Wien – Jaddah

Wien – Brno

Wien – London

Wien – Istanbul

Wien

Dann zählte sie die Kilometer zwischen ihrer Wohnung und denen ihrer Geschwister. Damals. Heute. Jede Stadt war nur einen Klick entfernt. Sie und ihre Geschwister schickten sich Fotos beim Essen und Tee trinken, manchmal unscharf durch zu schnelle Bewegungen, manchmal in starren arrangierten Posen. Durch mich war sie lebendig, so wie auch die Großfamilie durch mich lebendig schien.

Einmal saß ich wieder auf ihrem Schoß und sie drückte auf Play. Dieses Mal ließ ich keine Sirenen,

Schüsse oder Schreie erklingen, sondern arabische Lieder. Den Klang einer Oud, gefolgt von einer Stimme, die alte Lyrik neu interpretierte…

يا حمام الطاير
فوق الشام
جبلي أخبار
أهلي وناسي

Oh ihr fliegenden Tauben über Damaskus, bringt mir Nachrichten von Familie und Bekannten.

Sie summte vor sich hin.

Sie fing an auf Flugportalen Flüge nach Damaskus zu suchen. Verglich die Kosten und die Strecken. Verglich die Abflug- und Ankunftszeiten bis keine Flüge aus Damaskus mehr ankamen.

يا شام
صار الوقت قومي
فيقيهون على كاسة
شاي بلا هموم

Oh Damaskus, es ist an der Zeit aufzustehen. Weck sie auf, auf ein Teeglas ohne Sorgen.

Ihre beiden Lebensorte waren durch nichts mehr miteinander verbunden.

قومي قومي
يا شام قومي
قومي قومي
يا شام قومي

Steh auf Damaskus, steh auf…

Ich merkte mir die Anzahl ihrer Tränen, die auf die Tastatur fielen.

اثنين

Versteckt hinter der dunklen Holztür zum Wohnzimmer hatten sie mich. Nicht etwa aufgehängt beim Eingang oder gar im Arbeitszimmer. Und schon gar nicht gut sichtbar über der Couch, mit Blick auf den Garten. Der dicke goldene Bilderrahmen, der vermutlich extra für mich gekauft wurde, war oben ganz verstaubt. Ein paar dieser Staubkörner wurden mit mir hinter dem Glas eingequetscht und plattgedrückt, ohne ihre Position über die vielen Jahre je verändert zu haben. So wie sich auch meine Position über die Jahre nie änderte.

Immerhin blitzte die Ecke des goldenen Rahmens ein Stückchen hinter der Tür hervor. Nicht genug, um ein wirklicher Hingucker zu sein. Nie war ich ganz zu sehen, denn die Tür blieb nahezu immer offen. Geschlossen wurde sie nur, wenn etwas Privates besprochen werden musste oder wenn gestritten wurde. Was wiederum so selten geschah, dass ich mich an die wenigen Male nicht erinnern kann. Vermutlich schlossen sie die Tür auch deswegen nicht, weil sich in der Ecke dahinter langsam noch weitere Dinge ansammelten: ein blau-gelbes Bügelbrett mit einem Brandfleck, Einkaufssackerl, Stapel alter Zeitungen und ein Holzbrett, das zu einem Regal gehörte, das bestimmt schon längst auf dem Müll gelandet war.

Ich liebte es, wenn die Tür geschlossen wurde. Das ganze Wohnzimmer konnte ich dann sehen. Die schwarzen Ledersofas mit ihren deutlichen Sitzspuren, den orientalischen Teppich in rot-blau und die Bilder, die an der Wand gegenüber hingen. Arabische Schriftzeichen, geschnitzt aus Holz und Perlmutt, hingen untereinander. In der Mitte des Wohnzimmers hing ein kleiner Kristallleuchter. Je nachdem, wo sich die Sonne gerade am Himmel ausruhte, streuten die Kristallkugeln kleine Kreise an die Wände, in denen sich Regenbögen versteckten. Ein Lichterspiel. Ich freute mich. Den Kater machte es hingegen verrückt. Wie wild lief er dem Licht hinterher, bis er sich erschöpft auf dem Teppich oder auf der blau-goldenen Tagesdecke zusammenrollte und tief ein- und ausatmete bis die Schnurrhaare vibrierten.

Eines Tages machte der Kater einen großen Sprung vom Wandregal und stieß dabei an meinen Bilderrahmen, der daraufhin wochenlang leicht verschoben war. Schief beobachtete ich meine Umgebung. Bei einem anderen Sprung erwischte der Kater die Unterkante des Bilderrahmens, der sogleich zu Boden fiel. Das Glas bekam einen großen Riss von rechts nach links. Von da an, wurde mir die Sicht erschwert. Ich hoffte lange, dass das Glas ausgetauscht würde. Vergebens. In der Morgensonne konnte ich die Fingerabdrücke auf dem Glas sehen, von jeder Person, die mir zu nahekam. Beim Putzen haben sie mich stets vergessen. Mein Papier ist gelblich vom Licht oder war es immer schon so? Da hing ich. Die Erinnerung, dass mit mir ein Traum in Erfüllung ging.

Mit großer Freude hatten sie mich in den Händen gehalten und mich in unterschiedlichen Konstellationen fotografiert.

Ich mit ihm.

Mit seiner Frau.

Mit seiner Frau und seinem Erstgeborenen.

Mit seinen Freunden.

An diesem sonnigen Tag lernte ich ihn kennen. Seine Haut war dunkler als die der anderen. Ich fühlte mich besonders und war aufgeregt. Seine Hände waren stark und rau, er roch nach einer Mischung aus Schweiß, Parfüm und Waschmittel. Er hatte wilde Augenbrauen, die sich beim Reden mitbewegten, und im Wind hochstanden. Wenn er grinste, sah ich seine Falten. Darin verbargen sich Kummer und Freude. Aber vor allem Geschichten. Aus den vielen Buchstaben auf mir, setzte sich sein Name zusammen. Daneben eine unleserliche Unterschrift und ein Stempel in Gold. Nun war er ein echter Doktor.

In seiner Wohnung wurde ich nicht als erstes aufgehängt. Dort hingen bereits unzählige Bilder seiner Familie und machten mir den Platz streitig. Diese Galerie wurde immer wieder mit Bildern neuer Familienmitglieder erweitert. Fotos von Hochzeiten und Abschlussfeiern. Seine Frau hängte an jeder Wand etwas auf, so lange es nur Platz gab. Unsystematisch und aus dem Bauch heraus. Unterschiedliche Bildformate, eingerahmt in goldenen, schwarzen und silbernen Bilderrahmen. Dazwischen Kupfer-Teller mit Gravuren aus Budapest und Kairo.

Der prominenteste Platz gebührte einem 1000-Teile-Puzzle, dem ein einziges Stück fehlte. Das wäre eigentlich mein Platz gewesen. Im Kopf malte ich mir aus, wie sie mich feierlich aufhängen würden. Sie würden die Wand genau abmessen, um mich mittig zu platzieren. Dann eine Wasserwage verwenden, damit ich gerade auf das Wohnzimmer blicken könnte. Ich hatte mich bereits für diese Wand entschieden. Sie war perfekt. Es bestand keine Gefahr, dass ich meinen Platz mit anderen Fotos oder Bildern teilen müsste, weil nur für mich Platz gewesen wäre. Doch stattdessen hing dort jetzt dieses Puzzle. Im Winter, als die Kinder und Enkelkinder zusammenkamen, versammelten sich alle um den Esstisch und setzten die kleinen Stücke mit viel Geduld zusammen. Ihm fehlte diese Geduld. Er setzte ein oder zwei Puzzlestücke zusammen und verließ leise fluchend den Tisch. Dann ärgerte er sich, dass er in der Küche essen musste, denn der Esstisch blieb über mehrere Wochen belegt. Zuerst stand ich verpackt im Keller, dann – ein Stockwerk höher – in der Ecke des Abstellraumes und später im Wohnzimmer, bereit, um endlich an meinen Platz zu kommen. Wochenlang hatte ich an die Wand gestarrt und dabei zugesehen, wie sie sich mehr und mehr füllte.

Ich sah seine Kinder aufwachsen und ihre eigenen Wege gehen. Ihn auch. Sah, wie sich seine Züge in kleinen Schritten veränderten. Ihn beobachtete ich am meisten. Er war immer leicht gebräunt. Selbst im Winter. Er hatte pechschwarze Haare, die sich zeigten, wenn er den obersten Knopf seines Hemdes öffnete. Mit der Zeit wurden sie jedoch grauweiß wie auch sein Zwei-Tage-Bart, den er sich wachsen ließ, wenn es ihm einmal nicht so gut ging. Wenn er nach Hause kam, saß er immer am gleichen Platz. Über die Jahre ersetzten blaue Stoffsofas die schwarzen Ledersofas. Doch sein Platz blieb unverändert. Seine Augen erfreuten sich an dem grünen Garten und der Sonne. Er liebte die zwei Apfelbäume. Vielleicht mochte er diesen Ausblick, weil er ihn an Zuhause erinnerte. An den Bauernhof, auf dem er aufwuchs, und an die unendlich weiten Felder. Ich hörte ihn oft davon erzählen. Seine Stimme füllte sich mit Freude, dann mit Hoffnung und dann mit einer tiefen Trauer. Jahre später, in einer Zeit, als er bereits weder mich noch irgendjemand anderen erkannte, konnte er vor seinem geistigen Auge ein neues Zuhause sehen, riechen und fühlen. Mit seinen Geschwistern aus der Vergangenheit und der Freiheit aus der Zukunft.

Überglücklich war er, wenn er für seine Familie Flugtickets buchte und der Abreisetermin endlich feststand. Seinen Kindern ging es da anders. Sie wollten ihren Sommer lieber hier verbringen, doch auch für sie wurden Tickets gebucht. Zwar strahlten sie bei ihrer Rückkehr ebenso, denn vor allem die Sonne tat ihnen gut, doch im kommenden Jahr wurden sie wieder bockig. Sein Zuhause musste ein unglaublicher Ort sein, von dem er immer getrocknete Okra, Bohnen und farbenfrohe Gewürze mitbrachte. In seinem Koffer lagen die Fladenbrote übereinander gestapelt und drüber die ausgebreiteten Weinblätter. Und eine Menge Walnüsse. Seine Finger waren noch nach Tagen braun verfärbt und voller Walnussflecken. Immer, wenn er seine Taschen auspackte, verbreitete sich ein unbekannter Geruch in der Wohnung, der mit der Zeit langsam erlosch.

Seiner Enkelin erzählte er, er sei das zweite Kind einer vierzehnköpfigen syrischen Bauernfamilie. Die Namen seiner Geschwister merkte ich mir, denn ständig zählte er sie auf. Aufsteigend und absteigend.

Nach Alter.

Latifa, Djamal, Huda, Ayman, Muna, Hakim, Asmaa, Ashraf, Zahra, Kareem, Munira, Yasser, Rabea, Amin.

Nach Geschlecht.

Latifa, Huda, Muna, Asmaa, Zahra, Munira, Rabea und Djamal, Ayman, Kareem, Ashraf, Hakim, Yasser, Amin.

Nach der Anzahl ihrer Kinder.

Bis er anfing, manche zu vergessen.

Latifa, Djamal, Ayman, Muna, Hakim, Asmaa, Ashraf, Munira, Yasser, Rabea, Amin.

Latifa, Djamal, Kareem, Munira, Yasser, Rabea, Amin.

Latifa, Kareem, Rabea.

Latifa, Kareem.

Kareem.

Es waren sieben Mädchen und sieben Buben. Er war der Erste, der seinem Traum nachging und studierte. Der Erste, der das Land verließ und sich verwirklichte. Seit er in jungen Jahren einem Kalb auf die Welt verholfen hatte, wusste er, was er einmal werden wollte, wenn er groß war – Arzt.

»Es war die Geburt eines Kälbchens, die mein Leben veränderte«, sagte er immer.

Also nicht etwa die seines Sohnes, seiner drei Töchter oder seiner Enkelkinder. Die älteste Enkeltochter schrieb alles mit, was ihr Opa über die Geburt des Kalbes berichtete. Ich hörte ebenfalls gespannt zu, denn so genau hatte er bisher noch nie davon erzählt.

Er saß mit seinem Bruder vor dem Hof, als beide auf eine Kuh aufmerksam wurden, die gerade ihr Kalb auf die Welt brachte. Irgendetwas schien aber nicht zu stimmen, daher lief der Bruder zum Tierarzt, um Hilfe zu holen. Erst nach Stunden hörte er den alten Roller des Arztes näherkommen, doch da war es schon zu spät. Er hatte das Kalb selbst mit beiden Händen rausziehen müssen. Nun saß er auf dem Boden neben der Kuh und beide blickten erschöpft drein. Zwischen ihnen lag das kleine Kalb.

Der Arzt untersuchte die Kuh und das Kalb, alles sah gut aus. Er rannte zum Brunnen, um sich das Blut abzuwaschen.

Die Enkeltochter schaute ihren Opa mit ihren großen Augen an. Als er seine Geschichte beendet hatte, stand er auf und schob die Wohnzimmertür zur Seite. Das Sonnenlicht blendete mich. Ich spürte wie es warm und stickig unter dem Bilderrahmen wurde. In Zeitlupe sah ich, wie er den Zeigefinger auf mich richtete.

»Deswegen wurde ich Arzt und habe die hier«, erklärte er ihr.

Das war mein großer Auftritt, mein Moment. Die Enkeltochter stellte sich auf ihre Zehenspitzen und fuhr mit ihrem Finger über den Bilderrahmen. An ihrer Fingerspitze sammelte sich Staub, den sie wegblies. Es war ein besonderer Moment, doch viel zu schnell vorbei. Er zog die Tür zu und wühlte im Wandregal auf der Suche nach den Familienalben. Die Fotos, die er zeigen wollte, fand er nicht. Weitere Geschichten erzählend ging er ins Esszimmer und seine Enkeltochter hinter ihm her. Ich konnte nur noch ihre Schatten sehen, ihre Stimmen hören und auch, dass er in den Schubladen nach etwas suchte.

Ich hörte Holz auf Holz klopfen und Papier auf Papier reiben.

Sein Vater war der Erste, den ich aus seiner Familie kennenlernte. Er starrte mich lange an, als ob er jeden Buchstaben mit seinen Augen nachzeichnen wollte. Er konnte nicht lesen, was auf mir stand, doch er suchte zumindest nach dem Namen seines Sohnes, vergeblich. Keiner war so stolz auf ihn wie sein Vater. Im Dorf kannten alle seinen Sohn und nannten ihn von nun an »أبو الدكتور – Vater des Herrn Doktor«, denn einen anderen Doktor gab es in der Gegend über viele Jahre nicht. Sein Vater wurde noch häufiger zum Essen eingeladen und genoss fortan ein noch höheres Ansehen in seiner Gemeinde, die ihn über die Jahre sehr schätzen lernte. Im Dorf galt sein Vater als Vermittler und als Ratgeber, der bei Familienstreitereien, Eheproblemen und Konflikten zwischen unterschiedlichen Sippen zu Rate gezogen wurde und stets die richtigen Worte fand. Er galt als fair und weise. Ich hätte ihn gern besser kennengelernt, doch sein einziger Besuch hier war viel zu kurz und ich verstand nicht immer was er sagte.

Nichts beschrieb ihn so gut wie sein Name: Said, »der Fröhliche«. Und genau so wirkte er auf mich.

Sein Lächeln reichte von einem Ohr zum anderen. Manchmal blitzten seine Zähne hervor. Die Freude darüber, das Leben und die neue Heimat seines Sohnes endlich kennenlernen zu dürfen, war groß. Über diesen Ort hatte er bislang nur aus Erzählungen am Telefon gehört oder hatte die Informationen aus den langen Briefen entnommen, wenn sie denn bei ihm ankamen. Doch nun sah er die Straßen, die Gebäude und die Menschen, die seinen Sohn umgaben und atmete wieder einmal die gleiche Luft ein wie er. Seine hier geborenen Enkelkinder zeigten ihm dies und jenes, doch bei jedem zweiten Satz sprachen sie langsamer. Ich bemerkte, dass sie in der Sprache ihres Großvaters nicht so geübt waren. Sie suchten in der Luft nach den Wörtern und erklärten sich mit Händen und Füßen. Es war wie ein Ratespiel. Wenn es zu anstrengend wurde, präsentierten sie stattdessen einfach ihre Fahrradkünste oder stellten all ihre Kuscheltiere nacheinander mit Namen vor.

Und dann kam der Tag, an dem ich plötzlich einen dumpfen Schlag hörte. Alle kamen angelaufen, legten die Hände seines Vaters auf ihre Schultern und trugen ihn zur Couch. Es wurde laut telefoniert, fast geschrien. Alles ging unglaublich schnell. Dann lag er auf dem Boden und die Knöpfe seines langen grauen Hauskleids wurden aufgerissen. Ich konnte seine behaarte Brust sehen. Fremde Männer kamen und nahmen ihn auf einem Brett mit. Seine Taschen blieben ungepackt und seine Hausschuhe blickten unter der Couch hervor. Er kam nie wieder zurück.

In der Zeit danach hörte ich sie aufgebracht diskutieren und sah sie viele Tränen verlieren. Ich war verwirrt, denn auch die Fröhlichkeit verschwand aus der Wohnung. Wo war der Großvater hin? Sie flüsterten viel und lagen sich oft in den Armen. Dann trugen plötzlich alle schwarz. Alte Bekannte und enge Freunde kamen zu Besuch und lagen sich in den Armen. Ich verstand. Der Großvater war gestorben. Egal wie sonnig es in den nächsten Tagen auch wurde, das Lichterspiel des Kristallleuchters reichte nicht aus, um die Trauer aus dem Wohnzimmer zu verjagen.

Vor allem er, der seinen Vater verloren hatte, schloss nun immer häufiger die Wohnzimmertür. Ich dachte, alle könnten mich nun sehen, aber das Wohnzimmer blieb leer. Stattdessen sah ich den Staub in der Luft schweben. Nur er stand mit dem Rücken zu mir, das Telefon in der Hand. Seit Wochen hatte ich ihn nicht richtig zu Gesicht bekommen. Sein Körper war schwach und gekrümmt. Seine Stimme leise. Der Kater kreiste zwischen seinen Beinen und hinterließ Spuren auf der schwarzen Hose. Er schien ihn aber nicht zu bemerken.

Er sprach in einer Sprache, die ich nicht gut verstand und er wiederholte viel. Ich konnte dem Gespräch trotzdem folgen. Es ging um die Überführung des Leichnams nach Damaskus.

»Er soll nicht in fremder Erde begraben werden«, hörte ich ihn zu einem Freund sagen.

»Er würde erfrieren. Er hasst die Kälte«, erwiderte der Freund.

Beide fingen an zu lachen, obwohl sie dabei auch an ihren eigenen Tod dachten. Welche Luft wollten sie einmal einatmen, wenn der letzte Atemzug getan war? Für ihn war es ganz klar, so als hätte ihn der plötzliche Tod seines Vaters wachgerüttelt. Über die Jahre machte er jedem seiner Kinder, Enkelkinder und engen Freunden klar, was sein Wunsch war. Seine Atemzüge nach dem Letzten sollten von einer Kombination aus Abgasen, Staub, Hitze und einer frischen Brise vom Duft der Walnussbäume erfüllt sein. Was dann wohl aus mir würde? Ob auch ich dort einen Platz bekäme, neben ihm?

ثلاثة

Ich sei die Verlängerung seines Armes, das Sprachrohr seiner Seele, behauptete er siebenundzwanzig Jahre später. Er hasste mich. Anfangs zumindest. Das gestand er in einem Interview. Die Journalistin zitierte ihn im Radio. Eine Begleiterin, die ihm aufgezwungen wurde – das sei ich. Zu altmodisch, zu kompliziert. Ich passe nicht zu ihm, hörte ich ihn sagen. Er war noch zu jung gewesen, doch die Entscheidung wurde für ihn getroffen und seine Mutter ließ sich nicht umstimmen. Ich litt mindestens genauso wie er unter diesen Umständen. Meine Gefühle wurden nicht erwidert und ich wiederum konnte seine Ansprüche nicht erfüllen. Aber irgendwie fanden wir schließlich ein Arrangement, gaben beide unser Bestes und wussten doch, dass sich unsere Wege möglicherweise eines Tages trennen würden. Widerwillig spielte er die Melodien, die für mich geschrieben wurden, aber nicht für seine Hände. Jeder Versuch wurde zum Kampf. Er hätte lieber Gitarre gespielt, E-Gitarre wie ein Rockstar. Ich wäre auch gern eine Gitarre gewesen, mit einer schönen Taille und einem langen Hals. Stattdessen hatte ich einen runden, dicken Bauch, der rausstand, und einen kurzen abgeknickten Hals. Ich wurde auf den Wunsch seiner Mutter hin angefertigt. Ein Holzstück nach dem anderen wurde gebogen, geschliffen und in Form gebracht. Vor dem Üben wurde stundenlang an meinen Saiten gezogen und gezerrt, damit ich in Stimmung kam. In der Musikschule beobachtete ich, wie schwer sich auch die anderen Kinder mit ihrer Oud taten. Doch er entpuppte sich als überaus begabt. Seine kleinen Finger hüpften auf meinen Saiten auf und ab. Schnell. Präzise. Gefühlvoll. Bald bildete sich eine Hornhaut auf seinen Fingerspitzen. Auch ich bekam Gebrauchsspuren. Einen Kratzer. Und noch einen. Waren diese Kratzer ein Ausdruck seiner Wut oder seiner Liebe zu mir? Diese Frage stelle ich mir bis heute.

Im Sommer, wenn sich die ganze Familie auf dem Land versammelte, wurden wir beide gezwungen, Lieder vorzuspielen. Seine Familie bedachte uns mit steinernen Mienen. Ihre Kritik konnte ich schon hören, noch bevor sie über ihre Lippen kam.

Kein Bravo.

Kein Klatschen.

Kein Lob.

Nur Schweigen.

Ich hörte, dass seine Familie die Kultur Syriens mitgeprägt hatte. Eine Familie von Dichtern, Mathematikerinnen, Geschichtenerzählern. In den Schulen wurden die Werke seiner Vorfahren unterrichtet, interpretiert und auswendig gelernt. So wurde von jedem der Enkelkinder Besonderes erwartet. Weltveränderndes. Ruhm. Nichts war gut genug. Sie zweifelten an jeder Note, die er spielte. Und so zweifelte er an sich selbst. Immer mehr. Immer mehr.

Doch egal, wie sein Gemütszustand auch aussah, ich beschloss an seiner Seite zu bleiben. Das hatte ich versprochen.

»Wenn er älter wird, wird er meine Schönheit schätzen lernen«, flüsterte ich mir zu, wenn er seine Rockmusik laut aufdrehte.

»Wenn er mich vermisst, wird er mich wieder in die Hand nehmen«, flüsterte ich mir morgens zu, wenn er das Haus verließ.

»Wenn er sich erst an mich gewöhnt, wird er mich lieben«, flüsterte ich mir zu, mitten in der Nacht. Wenn er schlief, sah ich seine schwarzen, zerzausten Haare auf dem Kissen.

Bald fand er eine neue Begleiterin. Er ging häufiger aus, ich blieb im Zimmer, zwischen Büchern und schmutziger Wäsche. Er verlor das Interesse an mir und gab sich dem Saxophon hin. Ich hörte ihn große Pläne schmieden. Mit seinen Freunden gründete er eine Band. Gemeinsam standen sie auf großen Bühnen und reisten in ferne Länder. Die Wolken zogen vorüber und ich zählte die Sterne bis zu seiner Rückkehr. Ich beobachtete alles genau. Wie er zur Universität ging. Dass seine Eltern nur wenige Worte füreinander übrig hatten. Wie seine Schwestern heimlich Zigaretten aus seinem Zimmer klauten. Dabei stand ich immer am gleichen Fleck. Unbewegt. Obwohl alles um mich so bewegend war. Doch als er sich das erste Mal verliebte, war ich dabei. Auch beim zweiten und beim dritten Mal. Flüchtig stahl er einen Kuss in einer engen

Seitengasse oder auf dem Rücksitz seines Autos. In einem Arm hielt er mich und streifte mit dem anderen die Fingerspitzen seiner Geliebten. Er hielt ihre Hand nur für wenige Sekunden. Dann ließ er sie los, schaute sich aufgeregt um und fragte sich, ob sie wohl jemand gesehen hatte. Aber nur ich sah die beiden und bei mir war ihr Geheimnis gut aufgehoben.

Und dann kam diese eine Liebe, die alles veränderte. Eine Hand, die er nicht mehr losließ. Im Haus brach Chaos aus, oder vielmehr Panik. Ich hörte fremde Männer, die auf ihn einredeten und ihn berieten. Er wirkte so klein angesichts der großen Entscheidung, die bald zu treffen war, und doch versprachen er und seine Liebe in guten wie in schlechten Zeiten zusammen zu bleiben, aufeinander aufzupassen und sich nicht aus den Augen zu verlieren. Bald schon waren sie eine kleine Familie geworden.

Auf eine unheimliche Stille folgten laute Explosionen, die ich nicht einordnen konnte. Ich zählte keine Sterne mehr, sondern laute Sternschnuppen, denen jede Schönheit fehlte. Für einen Moment wurde es so hell, als ob die Sonne die Erde küsste, und dann hörte ich Autosirenen, die ich wie alle anderen mit der Zeit auszublenden lernte. Hier bot sich ihnen keine Zukunft mehr. Sie flüchteten vor der aussichtslosen Lage und den Menschen. Er floh auch vor seinen Gedanken.

Ich konnte Tag und Nacht nicht mehr unterscheiden. Ohnehin drückte keiner mehr ein Auge zu. An einem Tag oder in einer Nacht ging er im Zimmer auf und ab und packte einen Koffer. Etwas Unterwäsche, Socken, T-Shirts und Papiere. Dann noch mehr Papiere, einen Pullover und eine Jacke obwohl es draußen seit Wochen schon bis zu vierzig Grad warm war. Dann seine Liebe und seine kleine Familie. Ein paar Fotos steckte er in ein Couvert. Er als Kind am Meer mit seiner Mutter und in Schuluniform mit Freunden. Er mit seinen Geschwistern im Garten, sein Kind nach der Geburt im Krankenhaus… Nur ein Foto von seinem Vater sah ich nicht. Die Reise sollte nur von kurzer Dauer sein, die Tickets für die Rückreise schauten aus seiner Tasche heraus. Seine Hand griff nach mir und stopfte mich in meine schwarze Hülle. Ich hatte nicht geahnt, dass es noch dunkler werden konnte. Schon seit Monaten hatte er mich nicht mehr angeschaut. Vermutlich war es ein Versehen, dass er mich mitnahm, denn in der Dunkelheit sah er bestimmt ebenfalls nichts. Schnell gingen wir die Treppe herunter. Ich hatte Angst, dass er in der Eile stolpern und mich auf den Boden werfen könnte. Dann sprang ein Motor an. Die Abgase, die durch einen Ritz in der Hülle zu mir gelangten, räucherten mich ein. Wo war ich? Wo fuhren wir hin? Oder fuhr ich alleine? Ich versuchte mich auf Geräusche und Stimmen zu konzentrieren, die es nicht gab. Dann versuchte ich mich auf den Weg zu konzentrieren. Ich zählte die Kurven und die Schlaglöcher. Doch über so viele war ich noch nie gestolpert.

Dann wurden wir angehalten. Die Türen wurden fest zugeknallt. Sein Baby schrie und Männerstimmen gaben Befehle. Der Kofferraum wurde ausgeräumt und plötzlich stand ich draußen. Die fremden Männer stellten ihm pausenlos Fragen. Mit Hilfe seines Charmes versuchte er den Tonfall zu entschärfen und bot jedem der Männer eine Zigarette an, bevor er sich selbst eine anzündete. Seine Nervosität versteckte er in den Rauchwolken, die er ausblies. Dann sprachen sie über die Hülle, die mich verbarg. Sie sollte geöffnet werden. Ich sah ihn und die Männer durch einen Schlitz. Mit groben Handbewegungen zerrten sie am Verschluss und stießen mich an allen Ecken an. Einer der in Khaki gekleideten Männer trat absichtlich gegen die Hülle. Die Stimmen wurden lauter und sie kamen mit ihren Oberkörpern näher, um mich zu bedrängen. Doch von jetzt auf gleich ließen sie von mir ab und entfernten sich mit schnellen Schritten. Er schaute verwirrt hinter ihnen her, doch die Männer fielen bereits über ein anderes Auto her. Wie eine Herde wilder Tiere, die ihre Beute umzingelten. Ich wurde in Ruhe gelassen und kam wieder in die Hülle. Kurz warteten sie alle und fuhren dann erleichtert davon.

Einige Wochen oder sogar Monate blieb ich verpackt. Dort, wo wir jetzt waren, wurde es zunehmend kälter, mein Holz verzog sich und meine Stimme begann sich zu verändern. Die Anspannung, die in der Luft lag, wirkte sich auf meine Saiten aus. Ich war längst nicht mehr ich und er war nicht mehr er, als ich aus der Hülle befreit wurde. Seine Haare und sein Gesicht, gehörten nicht mehr dem Jungen, den ich kannte. Zumindest äußerlich wurde er jetzt zum Mann. Einem Mann, der zwar Verantwortung für sich und seine eigene kleine Familie übernahm, doch auch immer wieder versuchte, auszubrechen. Plötzlich war er auf sich gestellt. Ganz ohne seinen großen Familiennamen, der ihm bislang alle Türen geöffnet hatte. Ganz ohne Beziehungen, mit denen sich Regeln verbiegen und Steine aus dem Weg räumen ließen. Hier zählte all das nicht mehr. Er musste wieder ganz von vorne anfangen und sich ein Leben aufbauen. So bekam ich ihn nur selten zu Gesicht. Seine Anwesenheit bemerkte ich vor allem dann, wenn sich der Geruch von heißem Fett in der kleinen Einzimmerwohnung ausbreitete, der ihm von seiner neuen Arbeit anhaftete. So wusste auch seine kleine Familie, dass er wieder da war. Egal wie oft er sich wusch und seine Kleider wechselte, der Geruch kam aus jeder seiner Poren. Er hasste ihn, so wie er seine Arbeit hasste. An der Arbeit nutzten seine Kollegen jede sich bietende Gelegenheit, um ihn zu verspotten. Wenn er die Wörter falsch aussprach, sein Mund erst beim dritten Versuch die richtige Form für den Umlaut fand oder wenn er das ‚R' zu sehr rollte.

Ich befürchtete schon, ich würde von nun an zu einem Ausstellungsstück verkommen, denn er schob unzählige Schichten zu allen Tages- und Nachtzeiten.

Doch allmählich bekamen wir wieder häufiger die Gelegenheit gemeinsam auf kleinen Bühnen zu stehen. Dort stand er lieber als hinter einer Fritteuse. Die Leute, die einige Tage zuvor ihre Bestellungen bei ihm aufgegeben und ihn nicht wirklich wahrgenommen hatten, jubelten ihm jetzt zu und erinnerten sich noch tagelang an die Stimmung, die unsere Musik erzeugte. Wir mussten uns beide immerzu beweisen, denn außergewöhnlich zu sein, reichte nicht aus. Er versuchte dem Publikum die Angst vor mir zu nehmen.

»Was ist das?«, fragten sie ihn. »Dürfen wir mal anfassen?«

Kaum hatten sie gefragt, sah ich ihre fremden Hände auch schon in Zeitlupe auf mich zukommen. Mal verschwitzt, mal klebrig, weil sie davor ihr Getränk verschüttet hatten. Sie drehten mich nach links, klopften auf meinen Rücken und zupften an meinen Saiten. Er mochte das nicht. Ich auch nicht. Doch für ein »Nein« war es längst zu spät und so verkniff er es sich. Tagsüber war er weiterhin unsichtbar, doch sobald er mich des Nachts in die Hand nahm, wurde er sichtbar. Ich sah wie die Augen der Leute ihn verfolgten und, dass sie ihn mit jedem Auftritt ernster nahmen. Jetzt durfte er wieder etwas zu sagen haben und ich auch.

In der Kälte versuchte er sich wiederzufinden und neu zu erfinden. Gleiches galt für mich. Die Melodien, die er nun schrieb, wurden unkonventioneller, so dass manche seine Musik hassten, während andere sie genau dafür liebten. Er hielt mich anders und wickelte mir ein gemustertes Band um, das uns nun schicksalhaft verband. Ob das seine Art war, mir zu zeigen, wie nah er mir sein wollte? Oder verwandelte er mich so letztendlich doch in eine Gitarre, ohne zu akzeptieren, wer ich war? Sein Spiel wurde bestimmter. Intensiver. Er probierte neue Sounds aus, wechselte meine Saiten, tippte mit seinen Fingernägeln auf meine Decke und streichelte meinen Rücken mit seinem Mittelhandknochen. Er verlor sich in all den Möglichkeiten. In der Wohnung wurde es häufiger laut oder unheimlich still. Frustriert standen er und seine Liebe da. Sie rangen nach Luft und den richtigen Worten. In keiner Sprache wurden sie fündig, obwohl sie sich eigentlich viel zu sagen hatten.

Er zündete sich eine Zigarette an und ließ seine kleine Familie hinter sich. Oder waren sie es, die ihn verließen? Es brach ihm das Herz. Es war seine Liebesgeschichte, die ihn das Lieben lehrte und verlernen ließ. Die wenigen Gegenstände, die sie besaßen, wurden wie bei einem Kartenspiel aufgeteilt. Wir zogen von einer Wohnung in die nächste. Jede sah anders aus. Mal waren die Wände mit Holzschränken versehen, mal waren sie einfach weiß. Mal legte er mich auf gemusterten Fliesen ab, mal auf flauschigen Teppichen. Doch überall waren die Fenster undicht. Die permanente Zugluft kühlte die Räume und meinen hohlen Bauch. Er rollte eine Zigarette nach der anderen und presste sie sich zwischen die Lippen. Unruhig spazierte er zwischen seinen alten Möbelstücken, den paar Zimmerpflanzen, die nicht lange überlebten, und Unmengen von Kleinkram, wie Plastikfiguren aus dem Ein-Euro-Shop, einer Flöte, einem Würfel und einer Wahrsagerkugel umher, die er am liebsten alle Lebensentscheidungen fällen ließ. Von nun an war er alleine, abgesehen von Weinflaschen und Geliebten, deren Namen er schnell vergaß.

Eine innere Zerrissenheit ließ ihn nicht zur Ruhe kommen und auch mich nicht, doch ich ließ ihn nichts davon spüren. Denn einer von uns musste Zuversicht vorleben. Sein Zwiespalt wurde größer und weckte alte Dämonen und Zweifel auf, die in meinem Bauch Zuflucht fanden. Sie beeinflussten seine Entscheidungen und seinen Schlaf. Wenn andere ihn darauf ansprachen, entgegnete er, diese Stimmungsschwankungen seien Teil seiner Persönlichkeit, worauf er sich wieder eine Zigarette anzündete und im Raum auf- und abging. Er lief im Gehen vor sich selbst davon. Die neue Einsamkeit ertrug er nicht. Also wieder eine neue Geliebte, für einen Tag, eine Woche oder einen Monat. Zwischen Wein und Gras fand er Momente der Klarheit, die ihm sogleich wieder abhandenkamen. Sein Problem war hier und doch nicht hier sein zu wollen oder zu können. Auch mich wollte er gleichzeitig ganz nah und ganz fern von sich haben. Ich sei der Felsen und er der Sturm, hörte ich ihn einmal sagen. Doch er merkte nicht, dass der Fels zu Ertrinken drohte.

Es war einer dieser Abende, an denen seine Wohnung wieder einmal zur Bar wurde und er seine

Ängste mit Menschen, die ihn gut kannten, und Menschen, die er nur flüchtig wiedererkannte, verdrängte. Die Wohnungstür stand durchgehend offen und er mit seinem Rotweinglas davor. Er begrüßte und umarmte die Gäste und lud sie mit einer Armbewegung ein, in Richtung Küche zu kommen, aus der bereits die Musik dröhnte. Während seiner kleinen Willkommenschoreografie entstand neben ihm eine Skulptur aus Jacken und Schuhen, die immer höher fast bis zur Decke wuchs. Als er die Wohnungstür schloss, war sein Weinglas wieder leer. In seiner kleinen Küche war Platz für all die mitgebrachten Mitbewohnerinnen und Mitbewohner, neuen Gspusis oder solchen, die später noch welche werden sollten, Kolleginnen und Kollegen, Künstlerinnen und Künstler und deren Haustiere. Während manche auf Kissen am Boden oder auf dem Teppich saßen, lehnten andere an der Wand oder stapelten sich auf Stühlen. Manche tranken aus Weingläsern, deren Anzahl mit jedem dieser Abende geringer wurde, andere aus Kaffeetassen oder direkt aus Dosen. Aus der Küche hörte ich Gelächter, das sogar die Musik übertönte. Ich wünschte mir dabei sein zu dürfen, um ihm zumindest nahe zu sein, wenn er mich schon nicht in die Hand nahm. An diesen Abenden sowie an allen anderen, durfte nur er die Musik aussuchen. Musikwünsche wurden zwar entgegengenommen, aber letztlich doch ignoriert. An was es nie fehlte, waren Getränke, Zigaretten und Gras. Der Kühlschrank war mit Bier, Weißwein und Zitronen für Averna Sour gefüllt. Im Schrank darunter waren die Rotweinflaschen seiner Lieblingsmarke mit dem blauen Etikett aufgereiht. Dahinter andere Weinsorten, die ihm Gäste mitgebracht hatten. Die kleinen Schalen, in denen er Erdnüsse oder Oliven servierte, verwandelten sich ab Mitternacht in Aschenbecher und die Menschenmenge verlagerte sich langsam ins Wohnzimmer, wohin sie ihre Rauchwolke gleich mitnahm. Der Rauch verfing sich in meinem Bauch und noch bei Sonnenaufgang war mir ziemlich übel davon. Dennoch liebte ich es, wenn alle ins Wohnzimmer kamen. So konnte ich den Konversationen besser folgen, wobei es mir durch die vielen Sprachen im Raum schwerfiel. Bis ich überhaupt herausfand, ob es sich um eine Sprache handelte, die ich verstand, dauerte es schon eine Weile. In einer Ecke wurde die Unterhaltung auf Spanisch oder Italienisch geführt, eine andere auf Denglisch und bei einem weiteren Gespräch tauchten arabische und persische Wörter oder österreichische Ausdrücke auf. So musste ich mich sehr konzentrieren.

Als charmanter Gastgeber nahm er an jeder Konversation teil. Elegant sprang er von einer kleinen Gruppe zur nächsten, stellte sich dazu mit einem »Hey man«, das zu einem »Shreek keefak« wurde. Wie ein Chamäleon wechselte er die Sprache, das Vokabular und die Gesprächsthemen. Mal ging es um Musik oder Kultur, mal um Gesellschaftspolitik oder Belangloses. Meine Augen folgten ihm von der Couch bis zur Tür. Von der Tür bis zum Fenster. Vom Fenster bis zum Hocker. Vom Hocker bis zur Tür, durch die er wieder in die Küche verschwand. Wenn er zurückkam, brachte er Wein und Wasser und schenkte allen ein. Flaschen und Dosen markierten ihr Revier mit klebrigen Flecken. Nur neben mir durften keine Getränke abgestellt werden.

Spätabends, wenn nur noch die engsten Freunde blieben, ging es um Persönliches. Sie unterhielten sich mit einer Offenheit, die mich auch Tage später noch berührte und beschäftigte. Die Freunde erzählten und er erzählte und ich hörte zu. Er berichtete von den Gedanken, die ihn plagten und ihm wochenlang schlaflose Nächte bereiteten.

»Wieso ich?«, fragte er sich.

Warum nicht seine Schwestern, der Nachbarsjunge oder die Eltern? Wieso nicht die Freunde oder die Kollegin, mit der er gern flirtete? Fliehen. Überleben. Neuanfangen müssen. Können. Oder dürfen? Genug Wasser und Strom haben, abends ausgehen und tagsüber das Kind aufwachsen sehen.

»Habe ich das alles verdient?«, fragte er.

Schuldgefühle kamen immer häufiger auf. Das eigene Glück nicht begreifen zu können und es doch festhalten zu wollen, das war es, was ihn umtrieb. Im Kampf mit sich selbst, dröhnte er sich mit allem zu, was ihm dabei half, dem Jetzt zu entfliehen.

»Wieso ich und nicht sein Saxophon?«, fragte auch ich mich. »War es ein Versehen oder Schicksal, dass er sich für mich entschieden hatte?«

Doch immerhin war ich an seiner Seite.

Einzelne Sätze aus diesen Nächten blieben hängen. Ich wäre gerne so gesellig wie er gewesen, doch meine Stimme ging ohne ihn unter. Vorsorglich hatte er überall in der Wohnung Duftkerzen angezündet, um den Geruch von Zigaretten und Gras zu überdecken. Wenn der letzte Gast die Wohnung bei Sonnenaufgang verließ, torkelte er ein letztes Mal durch die Räume und pustete alle Kerzen aus. Der Rauchgeruch verschwand trotzdem erst Tage später. Er zündete sich eine weitere Zigarette an. Mittlerweile schaffte es die Asche nicht mehr in den Aschenbecher, sondern verfing sich in seinem Bart, bevor sie auf sein T-Shirt fiel.

Vor unseren Auftritten hatten wir ein Ritual. Nachdem alles angeschlossen und getestet und das Programm mit der Band fixiert wurde, ließ er alles stehen und liegen und ging an die frische Luft. Das Publikum am Eingang begrüßte er kurz im Vorbeigehen. Dann machte er eine Runde um die Konzert-Location, suchte sich eine ruhige Gasse und packte seine Zigarettenschachtel mit den drei Joints aus, die er schon zuhause vorgerollt hatte. Er zog einen heraus, zündete ihn an und nahm einen tiefen Zug. Langsam stieg der Rauch aus seinem Mund auf und er blickte ihm bis in den Himmel nach. Seine Barthaare zitterten bei leichtem Wind. Beim vierten Zug ließ er sich immer besonders viel Zeit. Dann drückte er den Joint an einer Hauswand aus und packte ihn wieder ein. Anschließend nahm er sich eine normale Zigarette. Ich genoss die Stille und die Intimität, dieser Momente. Er redete nicht viel, obwohl seine Gedanken zu rattern schienen, das konnte ich hören. Wenn wir auf der Bühne standen – er saß vielmehr und ich lag in seinen Händen – war alles anders. Wir befreiten uns von den musternden Blicken und nahmen uns das Recht hier sein zu dürfen. Er trank sich Mut an, bis die zweifelnde innere Stimme schwieg. Ich trank seinen Schweiß, bis meine innere Stimme den Raum eroberte. Ich versank in der Klarheit seiner Kompositionen. Er versank in der Komplexität meiner Stimmfarbe. Obwohl hinter uns andere Instrumente erklangen und vor uns das Publikum kreischte, kreisten wir nur um uns.

مزجت روحك في روحي كما

تمزج الخمرة بالماء الزلال

فإذا مسك شيء مسني

فإذا أنت أنا في كل حال

Your spirit is mingled with mine, as wine is mixed with water; whatever touches you, touches me. In all the stations of the soul you are I.

Diese Worte trug ich im Herzen und er auf seinem Arm. Sie kamen direkt von der Bühne und legten sich auf wiegende Hüften, balancierende Beine oder verfingen sich zwischen erhobenen Händen.

Ich wünschte mir, er würde nie aufhören zu spielen und die Konzerte würden Tage dauern. Ich hoffte auf Zugaben und lange Soli, während der wir miteinander verschmolzen. Er schloss seine Augen. Seine Finger kletterten auf meinen Saiten auf und ab, hielten sich fest. Er hielt sich an mir fest. Doch das blieb unser Geheimnis. Für das Publikum und die Band strahlte er eine unglaubliche Selbstsicherheit aus. Er gab den Takt an, sie folgten. Mein Bauch vibrierte. Sein Herz vibrierte. Und zwischen uns die Luft. Sein T-Shirt wurde bei jedem Song feuchter und feuchter. Von vorne wärmten mich die Scheinwerfer und von hinten kühlte mich sein Schweiß. Wenn er unerwartete Pausen machte, hielten alle den Atem an, vor, hinter und neben ihm. Es wurde still. Ich konnte das leise Summen der Scheinwerfer hören. Er presste mich an sich bis ich seine Rippen spürte. Wenn er dann die Luft einsog, wölbte sich seine Bauchdecke und ich wurde von ihm weggedrückt. Mit einem festen Schlag unterbrach er die Stille. Mit seinem Fuß stampfte er auf. So fest, dass alles bebte, der Staub auf der Bühne uns entgegenflog und seine Brille an seine Nasenspitze rutschte. Zwischen den Liedern nahm er einen Schluck aus seinem Weinglas und drehte sich zur Band. Alle kamen sich näher, sie flüsterten, lächelten und nickten. Dann gingen sie wieder in Position. Er hob die Hand und zählte mit den Fingern. Schon spielten sie das nächste Lied.

Dann kam wieder einer dieser anderen Abende. Es war dunkel und kalt. Der Regen klopfte an die Fensterscheiben. Im Flur hörte ich Schuhsohlen auf dem Parkettboden quietschen. Er fing schon früh an zu trinken. Sobald enge Freunde ihn auf seinen Alkoholkonsum ansprachen, stieß er sie weg, nahm Abstand und suchte sich neue. Auf seiner Suche nach Anerkennung oder Liebe füllte er die Wohnung mit immer mehr Menschen. Als ihm sein Charme bei den Gesprächen und die Großzügigkeit beim Getränkeausschank nicht mehr halfen, holte er mich aus dem Nebenzimmer. Ich freute mich, denn davon hatte ich immer geträumt.

Doch ich merkte an seinem Gang, dass er schon zu viel intus hatte. Seine Lippen waren lila verfärbt, seine Hände rochen nach Nikotin. Überall wo Platz war, saßen Menschen, manche auch aufeinander. Er stellte sich in die Mitte des Raumes, hob mich hoch und begann zu spielen. Das tat er eigentlich nie. Zuhause spielte er nur in der Küche, wenn er neue Songs komponierte, keinesfalls um Fremden zu imponieren. Alle schauten auf ihn und ich spürte, wie ich ihm entglitt. Und er mir. Er zog zu fest und klopfte zu hart. Ich wollte, dass es aufhörte. Wie konnte ein Raum gleichzeitig so voll und doch so leer sein? Er verspielte sich und fing von vorne an. Sein Bein gab nach, ein Weinglas fiel um. Er stoppte kurz, spielte dann aber weiter. Alle klatschten und johlten. Aber wieso? So schlecht hatte er noch nie gespielt. Ich wollte nur weg von hier, so wie er eigentlich auch. Er fing ein weiteres Stück an und drehte sich nach links und rechts. Mein Bauch stieß an die Küchentheke. Er zog sein Bein weg. Seine Finger rutschen ab. Mein Hals fand zwischen seinen zittrigen Händen keinen Halt mehr. In einem Raum voller Menschen war er ganz allein.

Er spielte weiter, schloss die Augen und seine Hand rutschte weiter ab. Ich fiel zu Boden… und brach mir den Hals. Sofort hörten alle auf zu klatschen. Sie erstarrten. Die vielen Augen mit den erweiterten Pupillen wussten nicht wohin sie schauen sollten. Auf den Boden, wo ich entzwei lag, oder zu ihm, den der Schreck mit einem Mal nüchtern zauberte. Er schaute mich mit seinen großen kastanienbraunen Augen an. Die erste Träne landete auf seinem Brillenglas, die zweite auf meinem Bauch, doch ich spürte nichts. Hier lag seine und meine Vergangenheit und unsere mögliche Zukunft in Bruchstücken. Und jetzt in der Gegenwart wollte ich aufhören, ihn zu lieben.

أربعة

Seine Augen verloren sich zwischen den Schaufensterpuppen, die feierliche Szenen nachstellten. Fein hergerichtet, mit frisierten Haaren und glänzenden Schuhen. Im Geschäft schweifte sein Blick zwischen den ausgestellten Produkten und den feinen Stoffen, die ein Mitarbeiter auf dem Tisch zuschnitt, hin und her. Erst bei seiner zweiten Runde trafen mich seine kleinen Augen. Mit einer schnellen Handbewegung schob er seine Brille von der Stirn zur Nase, wo sie dann festsaß. Ich spiegelte mich in den Gläsern. Waldhonig, kein richtiges Braun, so würde ich seine Augenfarbe beschreiben. Unscheinbar, so wie sein ganzes Erscheinungsbild. Mit seiner Kleidung wollte er nicht auffallen. Beige, Grau, Weiß vom Scheitel bis zur Sohle. So verschmolz er mit der Stadt und ihren Straßen. Er inspizierte mich genau, zog mich an sich, fuhr mit den Händen über meine Schultern und dann über meinen Rücken. Er folgte den Linien meines Körpers und vermaß mich mit jedem Augenaufschlag aufs Neue. Seine Hände waren die eines hart arbeitenden Mannes, sauber, aber rau und hart. An zwei Fingerknöcheln war die Haut gereizt, rissig und rötlich verfärbt von der Trockenheit.

»السلام عليكم, wie kann ich behilflich sein?«, riss uns ein Mitarbeiter aus unseren Gedanken.

Kaum hatte er zurück gegrüßt, begann der Mitarbeiter bereits mich anzupreisen. Er sprach über meinen Stoff, holte die große Rolle aus dem gegenüberliegenden Regal und breitete sie auf dem Tisch aus. Aus Italien sollte der angeblich stammen. Der Mann warf das Ende des Stoffes hoch und ließ es auf seinen Arm fallen. Er betonte, wie leicht der Stoff sei und ließ ihn fühlen. Dann gab er einem anderen Mitarbeiter ein Zeichen mit seinem Kopf, worauf dieser sogleich mit einem Stuhl angerannt kam und seinem Kunden bedeutete, er solle sich setzen. Eine Tasse Tee mit Zucker folgte. Ich lag immer noch auf dem Tisch, doch nun wurde ich aufgeknöpft und der Mitarbeiter begann meine Feinheiten aufzuzeigen: Die dezenten Knöpfe, die präzise Naht, das ungewöhnliche Innenfutter und vor allem – einmal mehr – den hochwertigen Stoff.

»Für die Examensfeier meines Sohnes«, dachte er, stand auf und nahm mich mit zur Anprobe. Ich zählte die Haare, die auf seinen Armen kleine Brücken bildeten und sich aufstellten. Ich war seine zweite Haut. Sein Rücken streckte sich und seine Augen vergrößerten sich. Sein Kopf richtete sich auf. War es wegen mir? Oder wegen des Gedankens daran, bald den Abschluss seines Sohnes feiern zu können? Er betrachtete sich im Spiegel, während er den Mitarbeitern stolz von seinem Sohn und seiner Tochter erzählte und dabei immer weiter ausholte. So wussten sogar die Verkäufer irgendwann, dass er das Geburtsdatum seines Sohnes amtlich verschoben hatte, damit der Tag nicht mit der Übernahme der Partei im Land zusammenfiel. Sein Sohn sollte seinen eigenen Tag haben, an dem ihn keine Wut überkommen würde. Er drehte noch eine Runde im vorderen Teil des Geschäfts. Im direkten Licht glänzte ich, ohne überheblich zu wirken. Vielleicht war es genau das, was ihn schließlich zum Kauf bewog.

Einige Monate hing ich in einem Kleiderschrank und wartete auf den Anlass, an dem ich mich von meiner besten Seite zeigen könnte. Ein ganz Besonderer würde es sein. In meinem Schrank roch es nach Lavendel, Mottenkugeln und Seife. Neben mir hingen ein schwarzer Anzug und ein paar Kleider seiner Frau. Edles wurde hier in der hintersten Ecke des Zimmers aufbewahrt. Ich hing zwischen Kleidern bestickt mit Pailletten und Perlen in Gold, Silber, Schwarz, Blau und Rosa. Kleidern aus Seide, Satin und Tüll, sorgfältig nebeneinander aufgereiht, manche von durchsichtigem Plastik umhüllt. Eines schöner als das andere. Die Pailletten brachen das Licht, wenn der Schrank geöffnet wurde. Ich wähnte mich dann im Inneren einer Diskokugel und alles war friedlich und bunt bis die Schranktür wieder geschlossen wurde.

Zu bestimmten Jahreszeiten schien die Familie häufiger zu Feierlichkeiten eingeladen zu werden. In manchen Wochen kamen die Einladungen sogar täglich. Seine Frau stand dann im Pyjama oder Morgenmantel vor uns, den Arm in ihre Taille gestemmt, und blätterte durch die Kleider wie in einem Magazin. Dann nahm sie drei Kleider heraus und legte sie auf das perfekt gemachte Bett. Die strahlend weiße Tagesdecke mit den Rüschen ließ die Farben der Kleider noch mehr strahlen. Aus einem Karton holte sie Schuhe hervor, die sie dem passenden Kleid zuordnete und auf den Boden stellte. Wieder stemmte sie ihren Arm in die Taille und verlagerte ihr Körpergewicht vom linken auf das rechte Bein, während sie versuchte, eine Entscheidung zu treffen. Dann verschwand sie für kurze Zeit und kam mit nassen, in ein Tuch eingewickelten Haaren und roten Bäckchen zurück. Ihre Haut schien zu dampfen. Sie nahm ein Kleid nach dem anderen in die Hand und drückte es sich gegen den Körper, während sie den Stoff glatt strich. Sie schaute in den Spiegel und lief auf und ab bis sie sich für eines entschied und die anderen wieder in den Schrank hängte. Es wurde das zweiteilige dunkel-violette Kleid ohne Pailletten aber mit schwarzer Spitze an Schultern und Ärmeln. Aus einer Schublade holte sie Tücher in unterschiedlichen Farben und hielt sie gegen das Kleid, um die Farbe ihres Kopftuchs ebenfalls genau darauf abzustimmen. Sie sah chic aus und ich konnte anhand des gewählten Outfits erkennen, wie nah sie dem Brautpaar stehen musste. Ich bezweifelte jedoch, dass sie zur engeren Familie zählte, da das Kleid nicht ausreichend glänzte. Sie würde diesmal nicht an den vorderen Tischen mit guter Sicht auf die Frischvermählten sitzen. Um einen genaueren Blick auf das Hochzeitskleid erhaschen zu können, würde sie wie die anderen Gäste die Braut auf der Tanzfläche umzingeln und beklatschen müssen. Das wäre auch eine gute Gelegenheit, um die anderen Gäste genauestens zu begutachten. Von der Frisur bis zum Schuh wurde alles inspiziert. So hätte sie für die kommenden Wochen einiges an Klatsch und Tratsch beisammen, um ihre Nachbarinnen zu unterhalten. Vom Balkon aus erzählte sie ihnen stets eine Geschichte nach der anderen. Dass ihr Mann genau das gleiche Tat, war ihr gar nicht bewusst. Auch er ging von einer Männerrunde zur nächsten und hörte zu. Nur, dass in diesen Runden auch andere Themen besprochen wurden. Es ging meist um Arbeit und Politik und immer wieder um Familienverhältnisse.

Je näher eine Frau dem Brautpaar stand, desto auffallender waren ihre Erscheinung und ihr Auftritt auf der Feier. Wobei stets darauf geachtet wurde, dass man der Braut nicht das Rampenlicht stahl. Für Männer war es viel einfacher. Auch ihr Mann wartete bis seine Frau sich für ein Kleid entschieden hatte und wählte dann eine der Krawatten aus, die an seinem Unterarm hingen. Eine nach der anderen legte er auf das Kleid und dann auf den Anzug vor mir, bis er sich für eine Krawatte entschied. Jedes Mal hoffte ich, dass die Krawatte meinen Stoff streifen und er sich für mich entscheiden würde. Doch irgendwie schien der richtige Anlass für mich nicht zu kommen. Bald heirateten all seine nahen Bekannten, Nichten und Neffen und ich begann zu glauben, dass er mich wohl für die Hochzeit eines seiner Kinder aufhob. Also wartete ich geduldig und hoffte, dass er seine Figur behielt und weder zu- noch abnahm.

Irgendwann kamen keine Einladungen mehr, die Anzahl der Feiern nahm ab und sie wurden kleiner und stiller. Ich bemerkte auch, dass kaum mehr Kolonnen hupender Autos mit lauter Musik an der Wohnung vorbei fuhren. Geschweige denn, dass Frauen aus den Fenstern oder von ihren Balkonen spähten, um Brautfamilien zuzujubeln. Mir fehlte ihre Ululation, die so laut war, dass sie alle Hauswände zum Schwingen brachte. Im Dorf heiratete keiner mehr, obwohl es auf der Straße von jungen Menschen mit großen Träumen wimmelte. Die Kleider wurden mit der Zeit verkauft. Und mit ihnen die Anekdoten und Erinnerungen. Wo waren diese sorglosen Tage geblieben? Tage, an denen das Feuerwerk die Wolken spaltete, fröhliche Stimmen die Straßen erfüllten und Absätze auf den Boden schlugen.

An einem Tag mit sanftem Licht, holten sie alles aus dem Schrank. Auch mich. Sie brauchten den Stauraum wohl für andere Dinge, wie ich hörte. So lag ich am Kopf des Sofas und sah sie. Eine Gruppe von Frauen saß beisammen auf dem Boden. In der Mitte lagen ungeöffnete Schachteln mit Damenbinden und Medikamenten. Rechts von ihnen stand eine kleine Tasse mit Schwarztee, dem es an Farbe fehlte. Links von ihnen lag ein Taschenmesser. Eine junge Frau mit leicht verrutschtem Kopftuch nahm eine der Schachteln, machte sie ganz vorsichtig auf, und holte alle Binden heraus, um sie einer Frau mit langem schwarzen Zopf neben ihr zu geben. Sie nahm selbst eine der Binden und ein Taschenmesser in die Hand und erklärte währenddessen das weitere Vorgehen. Die sechs Frauen im Zimmer rückten automatisch näher, als sie zu sprechen begann.

»Ihr müsst die Schachteln ganz vorsichtig aufmachen, damit wir sie anschließend wieder wie zuvor verschließen können. Tamaam?«

Die Frauen nickten.

»Mit dem Taschenmesser fahrt ihr hier entlang der Linie und öffnet die Binde.« Sie fuhr die Linie erst mit ihrem Zeigefinger nach, dann mit dem Taschenmesser. Dann hielt sie die Binde hoch und zeigt sie der Gruppe. »So, tamaam?«

Die Frauen nickten und wiederholten im Chor:

»تمام.«

»Dann nehmt ihr einen Streifen aus dem Medikamenten-Päckchen«, erklärte sie weiter, »und legt ihn behutsam unter die Watte, ohne die Damenbinde zu deformieren. Tamaam?

Sie schaute in die Runde.

Die Frauen nickten und wiederholten im Chor:

»تمام.«

Sie stand auf und ging zum Bügelbrett, das direkt an der Wand stand, weil das Kabel des Bügeleisens zu kurz war. Der Knopf am Bügeleisen leuchtete rot Und es dampfte leicht. Sie nahm eine Binde zur Hand, legte sie auf das Bügelbrett und fuhr mit der Spitze des Bügeleisens einmal entlang der Linie, um sie wieder zusammenzuschweißen. Einige Frauen hielten sich die Hand vor die Nase oder schoben ihre Blusen hoch. Eine von ihnen rannte zum Fenster, öffnete es einen Spalt und zog den Vorhang zu. Es roch nach verbranntem Plastik.

»Ihr fährt nur einmal drüber. Tamaam?« und wieder sah sie auf und die Frauen nickten und wiederholten im Chor:

»تمام.«

Sie griff ein feuchtes Handtuch und rieb damit über die Spitze des Bügeleisens, auf dem noch Plastikreste klebten. Dann drehte sie am Temperaturregler. Sie setzte sich wieder in den Kreis und zeigte den Frauen nun wie die Binde wieder gefaltet und in die Plastikverpackung gesteckt wird.

»Es muss alles so aussehen, als ob die Packung nie geöffnet worden wäre. Darum bügeln wir am

Ende auch genau die Stelle, an der wir sie aufgerissen haben, tamaam?«

Die Frauen warteten nun bis sie ein Zeichen gab, um loszulegen zu dürfen und die Stille zu brechen. Während der gesamten Erläuterungen waren die Frauen, die sich sonst so viel zu erzählen hatten, mucksmäuschenstill und konzentriert. Sie sagte »Yallah« und schon reichten sich die Frauen Damenbinden, Taschenmesser und Medikamente. Je nach Dicke der Binde wurde das Medikament ausgesucht. Die kleinen Pillen wurden in solchen für leichte Blutung und die großen Pillen in solchen für starke Blutung versteckt. Die Packungen wurden am Ende nebeneinander aufgereiht. Es roch immer mehr nach verbranntem Plastik, doch das merkte bald keine der Anwesenden mehr. Die Hausherrin brachte Tee und Wasser und kontrollierte die Arbeitsweise. Hier und da gab sie klare Anweisungen in einem bestimmenden aber höflichen Ton. Dann machte sie eine kurze Pause und lachte über einen Witz, den die Frau mit dem langen Zopf machte. Einer alten Frau im schwarzen Rock namens Oum Kareem schien das viele Lachen nicht zu gefallen, sie presste ihre Lippen zusammen und verdrehte die

Augen. Es war so unübersehbar, dass das Lachen in der Gruppe sofort verstummte.

»Lass sie doch ein bisschen Lachen. Die Tränen vom vielen Weinen haben schon ihre Spuren in die Gesichter gegraben«, flüsterte die Hausherrin der alten Frau zu, die tief einatmete, selbst einen Witz machte und anfing zu kichern. Lachend gab ihr die Hausherrin einen kleinen Stoß gegen die Schulter.

»Oum Kareem, ich hatte schon fast vergessen, wie schön dein Lachen ist. Mashallah.«

»Was für ein schönes Lächeln. Wo hattest du es versteckt?«, rief eine der anderen Frauen. Oum Kareem wurde daraufhin ganz rot im Gesicht und auf ihrer Bluse zeichneten sich Schweißflecken ab. Ihre beiden Söhne waren verhaftet worden, der eine wurde bei einer Demonstration aufgeschnappt und der andere als er einen Checkpoint überquerte. Ihre Tochter zog mit ihrer Familie in eine Kleinstadt im Norden. Dort solle es sicherer sein und die Kinder würden die Schule besuchen können, hieß es. Seitdem trug sie nur Schwarz, was ihr Gesicht ganz bleich und kränklich aussehen ließ. Monatelang verließ sie ihre Wohnung nicht. Die Frauen aus der Nachbarschaft versuchten auf sie einzureden, sie regelmäßig zu besuchen und ihr Essen vorbeizubringen. Dann erzählte ihr eine der Nachbarinnen von den Aktionen, die von der Frauengruppe durchgeführt wurden. Sie organisierten Medikamente für die Kranken, bastelten Gasmasken aus Alltagsgegenständen, die sie heimlich verteilten, damit die Leute auf den nächsten Angriff vorbereitet waren, und bereiteten Lebensmittelkörbe für Familien vor.

Bald wurde auch die letzte Damenbinden-Packung geöffnet, präpariert und wieder mit dem Bügeleisen verschweißt. Die Frauen teilten die Packungen untereinander auf, stopften sie in Einkaufssackerl oder in ihre Handtaschen, verabschiedeten sich und verschwanden. Zwischen der Ersten, die ging, und der Letzten vergingen drei Stunden, damit niemand bemerkte, dass sich in diesem Haus Menschen versammelten. Keine sprach darüber, dass sie sich trafen. Es war ein Tag wie jeder andere, an dem sie Zuhause auf ihre Männer und Kinder warteten, die Anzahl der Schüsse zählten und sich in den unterschiedlichsten Chats und Gruppen nach ihren Liebsten erkundigten. Jede der Frauen bekam eine Adresse zugewiesen, bei der sie die Packungen mit den präparierten Binden in der kommenden Tagen abgeben sollte. Es handelte sich um Orte, an denen Menschen verarztet, Wunden desinfiziert und kleine Operationen durchgeführt wurden. Eine Frau mit Damenbinden würde die Polizei weder kontrollieren noch verdächtigen, vor allem dann nicht, wenn die Packung wie neu aussah. Die Beamten würden zwar unter Umständen die Verpackung aufreißen, aber nicht die Binden selbst. Manche Polizisten erröteten vor Scham, wenn sie eine Frau, die ihre Mutter hätte sein können, durchsuchten und dabei Damenbinden in ihrem Einkaufssackerl vorfanden. Sie fragten nicht nach, schauten zu Boden und bedeuteten der Frau mit der Hand, sie solle weiter gehen.

Trotz aller Vorsicht wurde auch ihre Wohnung eines Tages durchsucht. Fremde Männer drehten Matratzen um, verschoben Schränke und leerten sie aus. Sie gingen von einem Zimmer ins andere und nichts blieb an seinem Platz. Auch die Tür meines Schranks rissen sie auf. Der Griff bohrte ein Loch in die Wand und ein Stück Putz fiel ab, gefolgt von weißen Krümeln, die auf dem Teppich kleine Hügel bildeten. Mit ihren haarigen Händen, auf denen Schnitt- und Brandwunden sichtbar waren, nahmen sie die Wohnung auseinander. Einer der Männer hatte sich offensichtlich die Hand geschnitten und blutete. Sein Blut tropfte auf den Steinboden, dann auf den Teppich und auch auf die Decke, die er mit beiden Händen abtastete. Als eines der Kinder aus dem Weg gehen wollte, stieg es mit den Socken auf einen der Blutstropfen und zeichnete damit Muster auf den Boden.

Mond und Sterne tauchten nach dieser Nacht ab. Es waren vermehrt Schüsse zu hören, die immer näher zu kommen schienen. Er öffnete den Kleiderschrank nun wieder häufiger, doch die feierliche Garderobe wurde nicht mehr gebraucht, um die Liebe zweier Menschen zu feiern, sondern um den Tod zu betrauern. Er griff nur noch seinen schwarzen Anzug. »لا حول ولا قوة إلا بالله«, flüsterte er leise vor sich hin, während er seinen Arm in einen der Ärmel steckte. Ich wanderte im Schrank immer weiter nach hinten. Bis mein Stoff die Rückwand berührte. Der schwarze Anzug kam irgendwann gar nicht mehr in den Schrank zurück, sondern blieb draußen hängen. Saß er anfangs noch wie angegossen, schien er ihm bald zu groß zu sein. Er musste den Gürtel immer enger schnallen. Irgendwann war sein Körper zu schwach für all die Beerdigungen und er bekundete seine Trauer nur noch am Telefon.

»العمر ألكم الله يرحمه ويصبر عائلته – Mein Beileid«, kam ihm wie ein auswendig gelernter Text über die Lippen. Auch auf seinem Gesicht fand die Trauer irgendwann keinen Platz mehr.

An einem Tag, der sich bislang nicht von den anderen unterschieden hatte, zerfiel das Fensterglas mit einem lauten Knall zu Staub und brach ein Stück aus der Tür meines Schranks. Kurz konnte ich aufatmen. Dann wurde es sehr hell, heller als an jedem Morgen zuvor. Zwischen den Fenstern prangte ein Loch in der Wand. Steine fielen zu Boden und stapelten sich übereinander. Das Außen war Innen. Beton, Reifen und Wut. Und das Innen war Außen. Wasserrohre, Laken und Verwundbarkeit. Ein Loch wie ein großes Fenster, das den Blick auf das gegenüberliegende Haus freigab.

Der Nachbarsjunge war zu sehen.

Das Haus hatte gelb gestreifte Sonnenschirme.

Die Sonnenschirme brannten in Rot.

Das Rot nahm das weiße T-Shirt des Jungen ein.

Das Rot nahm seine grauen Shorts ein.

Das Rot nahm seine Haut ein, bis er umfiel.

Keiner sah oder hörte ihn. Er fiel so langsam auf den harten Betonboden, als ob er sich hatte hinlegen wollen. Dann fiel aller Schutt von oben in Zeitlupe auf ihn herab, wie Federn, die ihn zudeckten. Ich wollte schreien, wegschauen oder weinen. Stattdessen schaute ich zu. Als in den kommenden Tagen nach ihm gesucht wurde, wollte ich ihnen genau sagen, wo der Junge lag. Die Nachbarschaft versammelte sich. Kinder, Frauen und Männer riefen seinen Namen bis ihre Stimmen ganz heiser wurden. Sie suchten einige Tage, bis sie an der richtigen Stelle eine Menschenkette bildeten.

Stein. Stein. Stein. Stein. Stein. Stein. Holz. Stein. Stein. Hand. Sie fanden den Körper, ohne ihn zu finden.

In der Gasse wurde wieder getrauert. Wieder musste er den schwarzen Anzug anziehen, ihn glatt streichen und den Nachbarn bei einem Besuch sein Beileid aussprechen.

Kurz darauf wieder ein Knall, dessen Ursprung sich nicht ausmachen ließ. Der Knall ließ alle aufspringen und sogleich erstarren, obwohl alles bebte. Die Kinder eilten ins Badezimmer, wie Balletttänzer auf ihren Fußspitzen. Dann legten sie sich in die Badewanne und zogen eine Matratze über ihre Köpfe, wie ihre Mutter es ihnen Wochen zuvor erklärte und gezeigt hatte. Gebannt hatten sie an der Bettkante gesessen, als sie klare Anweisungen gegeben und immer wieder die Sätze »Nur für den Fall« und »Aber wir sind hier in Sicherheit« wiederholt hatte. Sie schien sich mit diesen Sätzen selbst beruhigen zu wollen, während sie sich vor Nervosität die Handknöchel blutig kratzte. Sie holte die Gästematratze unter dem Bett hervor, schob sie ins Bad und lehnte sie gegen das Regal. Im Ernstfall sollten die Kinder so lange in der Badewanne bleiben, bis sie jemand holte. »Nicht weinen, nicht schluchzen und bloß nicht rufen«, erklärte sie mit erhobenem Zeigefinger, als hätten ihre zwei Kinder etwas angestellt. An diesem Morgen, der kein richtiger Morgen war, führten sie die Anweisungen aus, als hätten sie den Ablauf bereits unzählige Male gemeinsam einstudiert. Sie verschwanden so schnell aus dem Schlafzimmer, dass mein Blick ihnen gar nicht folgen konnte. In den darauffolgenden Minuten hörte ich nur gedämpfte Geräusche.

Stunden vergingen in lauter Stille. Ich sah sie nicht mehr. Nicht jetzt und nicht dann. Genauso, wie ich auch den Nachbarsjungen nicht mehr sah. Ich beobachtete das Geschehen weiterhin durch das Loch in der Wand. Das Nachbarhaus stand nicht mehr, ebenso wie das Haus dahinter. Ein ungeahnter Weitblick, der mich erdrückte. Wo waren die Häuser? Wo waren die Bäume und die Berge? Wo die Menschen? In Rauch aufgelöst. Hier existierte selbst der Himmel nicht mehr. Er war weder blau noch schwarz. Ohne Sonne. Ohne Wolken. Ohne Vögel. Hier war der Himmel kein Himmel. War das die Hölle, von der ich sie reden hörte? Ich malte sie mir immer rot aus, mit Feuerflammen. Doch die reale Hölle war das hier. Farblos und leblos.

Dann hörte ich wieder Füße zwischen Glassplittern. Ich zählte die Schritte.

Schritt.

Schritt.

Schritt.

Schritt.

Schritt.

Schritt.

Schritt.

Schritt.

Schritt.

Stille.

Ich zählte die Schritte. Genau 27.

In ihren Pyjamas standen sie vor der Tür. Die Kinder brachten keinen Schrei heraus. Sie wussten es. Ohne Worte. Ohne Tränen. Jetzt würden sie alles zurücklassen. Auch mich. So lag ich lange hier, bis die gegenüberliegende Mauer von Angst durchlöchert wurde. Kleine und große Löcher. Kugeln flogen von links und rechts heran und manche blieben in der Wand, im Boden oder in den Möbeln stecken. Dann brach auch diese Wand zusammen und der Kleiderschrank fiel mit voller Wucht zu Boden. Staubkörner erhoben sich und blieben über mir in der Luft stehen. Ich blickte auf die Zimmerdecke, von der kleine weiße Körner rieselten. Ein Riss, eine hauchdünne Linie, teilte das Weiß und wurde täglich größer. Hierher würden sie nicht zurückkommen.

Heute vor sieben Wochen weinte er vor dem Fernseher. Heute in drei Monaten wären seine Schwester und ihr Mann in ihren Geburtsort zurückgezogen. Nachdem ihr Mann sein Medizinstudium abgeschlossen hatte. Nach den Abschlüssen ihrer Kinder und der Geburt aller Enkelkinder. Nachdem die Schulden beglichen wären. Nach der Pensionierung. Nach all dem… Heute vor einem Jahr verließen die letzten Bauarbeiter das Haus und sie waren eingezogen. Der Staub und der Schutt färbten mich mit der Zeit grau.

Die Tage waren immer gleich, bis die Schritte kamen. Diese Frau kannte ich. Sie saß damals mit in dem Kreis. Als sie ihr Kopftuch ablegte, erkannte ich den geflochtenen Zopf wieder, der über ihren Rücken fiel. Sie schien nach etwas zu suchen, denn sie drehte Steine um, schob Eisenstangen mit dem Fuß beiseite und schaffte Geröll aus dem Weg. Staub stieg aufwärts. Tränen fielen abwärts. Sie füllte schwarze Müllsäcke, die ihr bis zur Schulter reichten. Aus Bilderrahmen zog sie die zerkratzten Fotos heraus und sammelte sie auf einem Stapel. Die Frau rollte auch den Teppich ein, ließ ihn jedoch liegen als sie einen Brandfleck entdeckte. Gleich daneben lagen die Kristallfiguren, zerbrochen in tausend Teile. Ein Schwanenkopf. Eine Flosse. Ein Hasenkörper. Eine ganze Maus, die sie sofort in ein Stoffstück wickelte. Aus dem Kleiderschrank griff sie zwei Kleider, Krawatten und mich.

Zusammen mit den Kleidern brachte sie mich ich in eine kleine Reinigung. Die Frau mit dem geflochtenen Zopf deutete mit dem Zeigefinger auf die Flecken. Hier sollten sie den Schmutz auswaschen und die Erinnerungen ausbleichen. Es wurde heiß und kalt. Ich wurde mit Wasser übergossen und mit Waschmittel eingeschäumt bis alles verschwand. Nur die Erinnerungen blieben an mir hängen und wurden mit mir auf einen Bügel gehängt und in Plastik gehüllt. Nach einiger Zeit holte sie mich wieder ab und wir standen vor einer weißen Tür. Was folgte, waren Umarmungen und Gelächter, die sich in Schluchzen verwandelten. Ich konnte es nicht fassen. Diese Stimmen kannte ich, so wie die Arme, denen ich übergeben wurde. Nur waren die feinen Härchen, die Brücken bildeten, nicht mehr schwarz, sondern grau. Die kurz geschnittenen Fingernägel, die gebräunte Haut. Er war es…

Ich lag auf seinem Arm, seine Frau stand links von ihm. Ich wollte aus dem Plastik ausbrechen und ihn umhüllen. Jede meiner Fasern sollte das Blut in seinem Körper spüren. Er war am Leben. Rücken an Rücken fand ich mich neben Anzügen, die ich noch nicht kannte. Sie waren größer und rochen nach einem schweren Eau de Cologne. Im Zimmer befand sich ein Doppelbett, in dem vier Personen schliefen, und eine Couch, auf der eineinhalb Personen Platz fanden, das andere Halb musste in der Luft schweben. Wie Sardinen lagen sie des Nachts mit ausgestreckten Beinen und eng am Bauch platzierten Händen, die im Schlaf um die Decken rangen. Er schlief ohnehin nicht viel und wenn, dann nur tagsüber. Nachts saß er mit seiner Schwester auf dem Balkon. Ich beobachtete sie durch das halboffene Fenster und belauschte ihre Unterhaltungen. Sie saßen auf zwei weißen Plastikstühlen, die von der Sonne ganz bröselig waren. Seine Schwester zog eine Zigarette hervor, steckte sie zwischen ihre Lippen und neigte ihren Kopf zur großen Feuerzeugflamme. »Verbrenn' dir nicht die Augenbrauen«, scherzte er.

Ihre Zigarette leuchtete rot. Auch er hielt seine Zigarette ins Feuer und biss in den Filter, bevor er den ersten Zug nahm. Seine Zigarette leuchtete rot. Sie schwiegen und schauten in die Ferne, wo eine andere Art von Rauch aufstieg.

»Dein Sohn hat heute angerufen.«

Er nahm einen Zug.

»Alhamdulillah, es geht ihm gut in Wien.«

Rauch stieg auf.

»Er hat nach dir gefragt.«

Er nahm einen Zug.

»Irgendwann musst du mit ihm sprechen.«

Rauch stieg auf.

»Du wolltest, dass er geht.«

Er nahm einen Zug.

»Hier gibt es keine Zukunft.«

Rauch stieg auf.

»الله يكتب اللي فيه الخير – Gott prophezeite ihm nur Gutes.«

Er nahm einen Zug.

»Inshallah bald bist du bei ihm.«

Rauch stieg auf.

»الله يجمعكم بالأفراح. – Gott möge euch zu schönen Anlässen zusammenführen.«

Er nahm einen Zug.

Und ich dachte an den Abschluss seines Sohnes. Seine Schwester legte ihre Hand auf seinen Rücken und er atmete aus.

Rauch stieg auf.

Ihre letzten Worte schienen in der Luft stecken zu bleiben, genauso wie ihm der Kloß im Hals stecken blieb. Sie nahm einen Zug und zeichnete mit dem roten Punkt Linien in die Luft.

Die große Wohnung wirkte mit jedem zusätzlichen Monat kleiner. Rituale gaben den langen Tagen und den noch längeren Nächten Struktur.

Morgens Kaffee kochen, der immer wässriger wurde.

Vormittags Barjees spielen.

Mittags Bulgur waschen.

Nachmittags Tawle spielen.

Nachts Zigaretten rauchen.

Er ließ sein Telefon am Ladekabel bis er ging. 100 Prozent. Alles war bereits gepackt, viel war es nicht. Still stand er vor dem Kleiderschrank, irgendetwas ging in ihm vor. Vorwärts und rückwarts. Seine Hand griff nach meinem Ärmel und zog mich heraus. Es war das erste Mal seit Monaten, dass er seinen Pyjama von der Haut schälte. Er stieg in mich hinein. Mit dem linken Bein zuerst und dem rechten Arm zuletzt. Mit einem Gürtel kettete er mich an sich fest. War der Anlass endlich gekommen? In die Innentasche steckte er seinen Pass, seinen Ausweis und ganz unterschiedliche Geldscheine. Syrische Lira, libanesische Pfund, Dollar und Euro. Seine Schwester atmete in meine Schulterpolster hinein. »Inshallah bl salame«, flüsterte sie.

Ein silbernes Auto wartete bereits auf ihn. Der Fahrer rauchte eine Zigarette und zwickte mit seinen Fingern in die Autoreifen. Es war ein Mittwoch in keiner Jahreszeit. Der Jasminstrauch vor dem Haus blühte zum Abschied. Er pflückte sich eine Blüte und zerdrückte sie zwischen Zeigefinger und Daumen. Er atmete ein und steckte sie in meine linke Tasche. Er pflückte sich eine weitere Blüte und zerdrückte sie zwischen Zeigefinger und Daumen.

Er atmete ein und steckte sie in meine rechte Tasche. Er pflückte sich noch eine Blüte und zerdrückte sie zwischen Zeigefinger und Daumen. Er atmete ein und steckte sie in meine Innentasche. Ohne zurückzublicken fuhren sie im gleichen Tempo in scharfe Kurven und über Schlaglöcher. Der Sitzbezug kratzte, je länger die Fahrt andauerte. Er sprach kaum und bewegte sich noch weniger. Die Fragen des Fahrers beantwortete er einsilbig. »Inshallah«, »Alhamdulillah«, »Allah kbeer«, hieß es. Ich trank seinen Schweiß und versteckte so die Spuren seiner Nervosität bei jedem Checkpoint. Vom Ersten bis zum Fünften. Bei jedem Stopp zitterte sein Körper unter meinem Stoff. Aus dem Fenster beobachtete ich, wie andere Autos gestoppt wurden. Ein roter Volkswagen. Ein schwarzer Kia. Ein blauer Seat. Fensterscheiben wurden heruntergelassen, Koffer aufgemacht, Papiere weitergereicht und Wörter ausgetauscht. Eine Stange Zigaretten wanderte über die Fensterscheibe. Ein letzter Checkpoint bis Beirut. Dem Fahrer vor uns leerten sie den Kofferraum. Zwei Soldaten holten eine seltsame, schwarze Lederhülle heraus, mit einem runden Bauch. Ich hörte sie rätseln, was wohl darin sein könnte – ein Haustier, eine Vase oder ein Instrument? Im Auto weinte ein Baby.

Der Fahrer ging vom Gas und wir rollten aus. Zwei andere Soldaten klopften an unsere Fensterscheibe und rissen ihn aus seiner Gedankenlosigkeit. Er wurde nervös und fing an mit dem Bein zu wackeln. Er reichte ihnen die Papiere. Sie gingen zur Seite und riefen die anderen Soldaten, die gerade dabei waren, die seltsame Lederhülle zu öffnen. Sie gaben ein Zeichen, dass das vordere Auto schnell weiterfahren solle. Alles wurde zurück in den Kofferraum geschoben und im Schritttempo fuhr der Wagen davon.

Vier Soldaten umzingelten nun unser Auto. Der Fahrer und er wurden gebeten, auszusteigen. Jeder wurde in einer anderen Ecke befragt. Ich hörte Autos näher kommen und abrupt bremsen. Es bildete sich ein Stau, doch keiner wagte es, zu hupen. Die Fragen kamen geschossen. Seine Antworten verspätet. Ich verstand nicht.

»Wie heißt du? Wohin willst du? Was willst du in Beirut? Aus welcher Stadt kommst du? Hast du Verbindungen zu terroristischen Gruppen?«

Die Haltung der Soldaten veränderte sich, so wie auch ihre Wörter. Sein Name stand auf der schwarzen Liste, auf dem weißen Papier. Er wurde geschlagen. Mit blutender Lippe und blauem Gesicht saß der Fahrer bereits wieder in seinem Auto und ihm wurde befohlen, zurück zu fahren. Er und ich, wir wurden weiter geschlagen. Der Stau blieb still. Gebückt fuhren wir eine lange Strecke, bis ins Dunkel.

Körper überall. Die Menschen saßen neben-, unter- und übereinander. Haut und Fleisch aneinander gepresst, mit Schweiß und Urin aneinander geklebt. Wie eine große Menschenskulptur. Die Luft brannte. Es roch nach Tod. »Inshallah bl salame« hatte seine Schwester bei der Abreise gesagt. Er solle heil ankommen, wenn Gott es so wolle. Doch anscheinend wollte Gott es nicht.

Er wurde getreten für jede Vorstellung von Freiheit, die er sich erträumte. Er wurde verbrannt für jedes Medikament, das er verbotenerweise ausgeteilt hatte. Ich umhüllte ihn und jede Erinnerung, die sich in den Poren seines Körpers eingenistet hatte. Egal was sie ihm antaten, ob er schweiß- oder blutgebadet zurückkam. Ich deckte ihn zu. Sollte das etwa der besondere Anlass sein? Er atmete den Jasmingeruch aus den Taschen ein, um Trost an diesem trostlosen Ort zu finden. Ich war sein Kissen und seine Decke. Oder sein Tuch, um sich den Schmerz abzuwischen. Er wurde verlegt, von einem dunklen Raum in den nächsten. Der Todesengel schwebte permanent über uns, er schlich durch die Gänge, gierig nach dem nächsten Leben. Kurz erfüllte es mich mit Freude, wenn jemand seinen Todesschrei von sich gab, oder sich der Körper einfach abkühlte und der Glanz in den Augen schwand. »Ein Mensch weniger, der diese Hölle ertragen muss«, dachte ich mir. »Ein Mensch weniger, der durch die Folter sich selbst verliert. Ein Mensch weniger…« Dann überkam mich der Schalk und ich wünschte jemanden den Tod. Ich wünschte uns allen hier den Tod. Die Hoffnung auf Leben verschwand. Ich wollte die Stimmen nicht mehr hören, wollte nicht zuhören. Wieder las er Al-Fatiha, mögen die Seelen in Frieden ruhen. Jeder Tag war ein Todestag, monatelang.

Er wurde wieder verlegt, packte mich am Arm. Mit Tritten in den Rücken führten sie ihn weg und stießen ihn in ein Auto. Sie wiederholten ihre Beleidigungen und er seine stillen Gebete. Bei einer Seitengasse blieb das Auto plötzlich stehen und sie warfen ihn hinaus. Die Sonne blendete, er konnte sich nicht orientieren. Seine Wunden brannten und er konnte nicht aufrecht stehen. Bis heute kann er nicht sagen, wie er bei seinen Bekannten landete, wo seine unausgepackten Koffer und ein Ticket nach Wien auf ihn warteten. Auch ich war wieder wie neu, gereinigt und gebügelt lag ich auf seiner frisch gewaschenen Haut und verdeckte alle sichtbaren und unsichtbaren Wunden. Die schweren Abschiedsworte erleichterten ihn.

Jahre später, doch es war noch immer nicht zu spät. Er kämmte sich die Haare, strich meinen Stoff glatt und schaute immer wieder auf die Uhr. »Yallah, yallah«, rief er quer durch die Wohnung und durch die Wände hindurch. Mit einem Blumenstrauß in der einen und seiner Schwester an der anderen Hand fuhr er zur Universität seines Sohnes. Von den hinteren Reihen hörte ich, wie sein Sohn aufgerufen wurde. Ein syrisches Musik-Ensemble begleitete die Abschlussfeier. Vertraute Klänge gebrochen durch den Ort, an dem sie erklangen.

Hier. Wo der Musiker mit den Fingern die Saiten seiner Oud streichelte.

Dort. Wo der Musiker mit dem Fuß auf dem kalten Boden aufstampfte.

Stolz stand er auf.

»Insallah bl salame«, hatte seine Schwester vor seiner Abreise gesagt. Er solle heil ankommen, wenn Gott es so wolle. Gott hatte es sich noch einmal anders überlegt.

خمسة

Von Hand zu Hand wurde ich gereicht. Kleine und große, raue und sanfte, mit lackierten oder abgebissenen Fingernägeln. Nächtelang lag ich alleine auf Holztischen oder gemeinsam mit anderen in dunklen Taschen, zwischen Zuckerln, benutzten Taschentüchern, losen Streichhölzern und einzelnen Münzen. Die Gesellschaft machte die Dunkelheit erträglich. Bei der kleinsten Bewegung wurde ich in alle Richtungen geschleudert. Anhand der Intensität der Bewegungen erkannte ich, ob die Frau einem ihrer Kinder nachrannte, die Treppe herunterlief oder zu spät zu einem Termin kam. Ohne mich verließ sie nie das Haus. Für mich gab es in jeder ihrer Taschen Platz und wenn sie es besonders eilig hatte, so steckte sie mich in ihre Jackentasche. Mit einem sanften Klopfen vergewisserte sie sich, dass ich auch wirklich da war.

Ich versuchte die Orte, die wir besuchten anhand von Geräuschen und Gerüchen zu erkennen. Auf diese Weise konnte ich auch die Wohnungen ihrer Töchter voneinander unterscheiden. Während es bei der einen immer nach Desinfektions- und Reinigungsmitteln roch, vernahm man bei der Anderen einen speziellen, schweren, holzigen und zugleich rauchigen Duft, den sie aus Saudi Arabien mitbrachte und Oud nannte. Wenn sie mich zu nah an der Duftschale ablegte, wurde mir schwindlig. Eine andere Tochter musste in der Nähe einer Moschee wohnen, denn ich hörte den Gebetsruf so klar und deutlich, als ob ich im gleichen Raum wie der Imam säße. Ich konnte heraushören, wie spät es war, und wo die Sonne sich am Himmel befand. So bewahrte ich mir mein Zeitgefühl, das in der Dunkelheit der Tasche komplett versagte.

In ihren Taschen roch es immer nach frischem Jasmin vom Strauch vor dem Haus. Wenn sie am Gehsteig auf- und abging und darauf wartete abgeholt zu werden, hielt sie immer beim Strauch inne und pflückte ein paar Blüten, um sie anschließend zwischen Zeigefinger und Daumen zu zerdrücken und in die Taschen zu schieben. Ich rieb mich an den zerdrückten Blüten, vor allem um meinen eigenen metallischen Geruch loszuwerden, der bei steigender Hitze intensiver wurde.

Nur bruchstückhaft kann ich mich an unsere erste Begegnung erinnern. Gemeinsam mit vielen anderen drehte ich mich in der Hand ihres Mannes im Kreis. Alle sahen aus wie ich oder ich wie sie. Ihr Mann war gut gekleidet – in Anzug und Krawatte – und sah jeden von uns prüfend an, bis er einen in die Hand nahm, um das schwarze Tor zu öffnen. Dann war es an mir die Holztür zu entriegeln. Auf seinen Fingern waren feine blonde Härchen, die mich kitzelten. Seine Nägel waren geschnitten und gepflegt.

Seine Frau und er gingen langsam von Raum zu Raum, öffneten alle Türen und Fenster und zogen die Jalousien hoch. Sonnenstrahlen und frische Luft eroberten die Räume und krochen die Wände empor bis zur Decke. Die Maserung des dunklen Steinbodens sah aus wie die Oberflächenaufnahme eines unentdeckten Planeten, mit weißen Flüssen und feinen Abzweigungen, kleinen grünen Oasen und grauen Bergen. Die Flüsse leuchteten sobald das Sonnenlicht auf sie fiel. An den noch kalten

Wänden prallten ihre Stimmen ab, die von Visionen sprachen. Die Räume wurden mit Worten eingerichtet und in Gedanken schoben sie Sofas nach links, Tische nach rechts, strichen die Wände in Rosa und dann in Beige, brachten Vorhänge und Bilder an, wechselten die Zimmerbeleuchtung von klassisch zu modern, bis sie alles wieder verwarfen und von vorne anfingen. Sie malten sich ein Leben aus, pflanzten Blumen auf dem Balkon und platzierten einen großen Esstisch für sich und die zukünftigen Kinder – vier waren geplant, es wurden aber sieben. Eine Wohnung für eine Großfamilie machten sie daraus, in der Generationen zusammenkamen.

Egal wie eng es in den Zimmern tatsächlich wurde, es fühlte sich immer geräumig an. »البيت الضيق يسع ألف صديق – Im engsten Raum haben tausende Freunde Platz«, sagte sie lächelnd. Im Wohnzimmer rückten alle aneinander und saßen Schulter an Schulter, während Orangen, Äpfel und Pomelos geschält und weitergereicht wurden. Für die Jüngeren gab es nur noch auf dem Teppich Platz und beim Mittagessen wurde in Schichten gegessen, weil die Stühle nie ausreichten.

Am Tag des Einzugs wurde ich aus dem großen Metallring geholt. Sie streckte den Arm aus und ich lag in ihrer Hand zwischen ihrer Lebens- und Schicksalslinie. Ihre Finger schlossen sich zur Faust und hielten mich fest. Die Frau war außer sich vor Freude. Weder ihr noch mir war in diesem Moment klar, dass wir Jahrzehnte zusammen verbringen würden. Ich konnte mich nicht an ihr satt sehen. Mein Blick verfing sich in ihrem bescheidenen Lächeln und in ihrem kurzen Haar. Mein Platz blieb über die Jahre und vom ersten Tag an gleich. Auf die Vitrine gegenüber der Eingangstür, da gehöre ich hin. So sah ich jedes Kommen und Gehen oder hörte es, wenn mir die Sicht versperrt war. Bereits am Klopfen erriet ich, wer hinter der dicken Holztür stand, die von innen weiß und von außen braun gestrichen war.

In den ersten Tagen, Wochen und Monaten füllte sich die Wohnung mit Sofas, Teppichen und Kristallleuchtern. Sie selbst stand im Vorraum wie eine Verkehrspolizistin, gab mit ihren Armen Anweisungen und rief immer wieder »وي شوي, الله يرضى عليك – Langsam, langsam, Gott behüte dich.« Die Wohnung wurde wärmer und gemütlicher. Irgendwann kamen dann auch die Menschen. Es wurde geschoben, getragen und gezogen. Manche Möbel wechselten mit der Zeit ihren Platz. Im Vorraum standen zwei gepolsterte Stühle mit beigem Blumenmuster, die durch einen Tisch mit schönen Beinen getrennt waren, auf dem eine kleine Lampe stand. Unter den Stühlen sammelten sich die Schuhe aller Gäste. Auf der Vitrine wurden links und rechts von mir zwei chinesische Vasen platziert, die mir Gesellschaft leisteten. Sie waren ein Hochzeitsgeschenk von einem entfernten Verwandten, der sich ihnen jedoch so nah fühlte, dass er ihnen ein solch teures Geschenk gemacht hatte.

Auf den Vasen waren rosarote Blumenmuster, fast identisch sahen sie aus. Ich beobachtete wie Geldscheine und einzelne Münzen darin versteckt wurden, die immer dann herausgeholt wurden, wenn der Lieferjunge oder der Bauer vor der Tür stand. Der Bauer kam immer früh morgens, gleich nach dem Morgengebet. Ich hörte ihn rufen und beobachtete, wie sie immer wieder von ihrem Zimmer durch den Vorraum zum großen Fenster im Wohnzimmer lief, um ihm nachzurufen. Wenn sie die Wohnungstür öffnete, konnte ich auch ihn sehen. Er trug eine schwarze Haremshose und dazu ein graues Hemd, das ihm eindeutig zu groß war. Auf dem Kopf trug er einen rot-weiß gemusterten Agal und wenn er sich vor der Tür niederkniete, um Milch in den großen Topf zu füllen, schlug er die linke Tuchspitze auf die rechte Seite und die rechte Tuchspitze auf die linke Seite. Seine Haut war von der Sonne gebräunt, doch nicht gleichmäßig. Wenn sein Hemd verrutschte sah ich eine Linie, die seine Haut in zwei unterschiedliche Hauttöne einteilte. Er schien über die Jahre weder älter noch jünger zu werden. Draußen hörte ich den Esel, dem auf dem aufgewärmten Asphalt bestimmt zu heiß war. An richtig heißen Tagen ersetzte er den Esel darum durch ein Fahrrad. Nachdem sie ihre Bestellung von Obst, Gemüse und Milch erhalten hatte und der Bauer alles abwog, holte sie das Geld aus der chinesischen Vase. Ich hatte Angst, dass ihre Hand darin stecken blieb und die Vase zerschmettert werden müsste. Denn manchmal schienen ihre Hände geschwollen zu sein und sie musste sie mit aller Kraft herausziehen.

Oft vergaß sie, dass sie eigentlich Kopftuchträgerin war. Sie begegnete unangekündigtem Besuch meist mit ihrem weißen Gebetsrock, den sie bis knapp unter die Brust hochzog. Ihre weißen Arme, die schon lange keine Sonne mehr gesehen hatten, positionierte sie auf ihrer Brust. Auf ihren Kopf setzte sie dann rasch irgendein Tuch, so dass noch vereinzelte Haare herausragten.

In jungen Jahren trug sie ihre blonden kurzen Haare offen, hinten bedeckten sie ihren Nacken und vorne ihre Stirn. Sobald sie ihre Schultern kitzelten, griff sie zur Schere und schnitt sie ab. Ihre Haare waren nach innen gewellt und voluminös. So schien ihr Kopf kleiner zu sein. Alles an ihr war zart, ihr Gesicht symmetrisch mit zwei auffälligen Muttermalen. Eines befand sich über ihrer linken Augenbraue und das andere bedeckte ihr rechtes Grübchen. Anhand der Position und Bewegung der Muttermale konnte ich Staunen von Freude unterscheiden und auch von Trauer.

Bereits bei leichter Sonne färbten sich ihre Wangen rot. Ihre grünen Augen leuchteten, wenn sie Khaki oder ihren grasgrünen Blazer trug und verwandelten sich, wenn sie sich einen blauen Schal um den Hals knotete. Ich kann bis heute nicht sagen, ob ihre Augen grün, blau oder honigfarben waren. Wie ein Stimmungsring schienen sie im ständigen Wandel zu sein. Um sich vor der Sonne zu schützen, faltete sie ein gemustertes Tuch zu einem Dreieck und band es sich locker um den Kopf. Sie trug meist knielange Röcke mit Blusen und dazu Stöckelschuhe, wobei die Absätze nach jeder ihrer Geburten niedriger wurden. Vielleicht, weil sie ihren Kindern so besser nachlaufen konnte, oder, weil ihre Füße breiter wurden. Selten glänzte eine Brosche auf ihrem Blazer, denn meist trug sie keinen Schmuck. Irgendwann nicht einmal mehr ihren Ehering. Immer wenn er komplett zu verstauben drohte, kam ein Anlass und sie holte ihn wieder aus der Schublade, ließ im Bad Wasser darüber laufen, putzte mit einem Tuch über die Steine bis sie glänzten und steckte den Ring an ihren Finger. Ich spürte das Gold und die Diamanten an meinen Kanten, wenn sie sich anschickte, die Wohnung zu verlassen.

Mit der Zeit wurden ihre Röcke länger und weiter und statt eines Reißverschlusses hielt ein Gummiband den Stoff an ihren Hüften fest. Sie reduzierte auch ihre Farbpalette, trostlos dominierten in ihrem Kleiderschrank nun Schwarz, Weiss und Dunkelblau. Auch ihre Tücher verloren die Farben.

Mittlerweile band sie diese ganz eng und versteckte all ihre Haare darunter, was sie strenger aussehen ließ. Neue Gegenstände fanden sich in ihrer Tasche, wie eine Zigarettenschachtel und eine Gebetskette, die sich in den anderen Objekten verhedderte, so dass der Faden riss und die Perlen einzeln in der Tasche hin- und herrollten. Jedes Mal, wenn sie eine Perle beim Grübeln erwischte, legte sie diese in eine kleine Schüssel. Dann zählte sie die Perlen ab, doch es fehlten noch so einige. Die neue Gebetskette, die sie stattdessen mit sich trug, war neonfarben und leuchtete im Dunkeln. Die Perlen wurden zu meinem Sonnensystem in der dunklen Tasche. Ich war fasziniert von ihrem Licht.

Ihr langer Mantel, den sie nun über all ihre Kleider trug, drückte sie förmlich zu Boden. Ich hatte Angst, er würde sie zerquetschen, so schwer sah er aus. Sie wurde mit den Jahren auch kleiner. Ich weiß nicht, ob es an der Schwerkraft lag, an ihren Sorgen oder an diesem Mantel. Ihre Körperhaltung war eine andere, sobald sie ihn trug, so als ob die Sorgen der Welt nun auf ihren Schultern lasten würden und sie sich zugleich unter diesem Mantel vor ihnen versteckte. Er gab ihr Schutz vor dem, was draußen war.

Es dauerte einige Jahre bis ich verstand, vor was sie sich versteckte. Sie steckte mich ins Schlüsselloch, zog die Tür zu sich heran, drehte nach links bis es zwei Mal klackte und dann drückte sie. Sobald sie die Türschwelle ihrer Wohnung übertrat, legte sie ihren Mantel ab und zog am Knoten ihres Tuches, das langsam auf ihre Schultern wanderte. Die Last wurde von Leichtigkeit vertrieben und sie schien über den Steinboden zu fliegen. Mich legte sie auf der Vitrine ab, während sie ihre Bluse aufknöpfte bis die Seidennaht ihres Unterhemdes sichtbar wurde.

In den heißen Sommermonaten kam ständig Besuch aus dem Ausland. An der Menge und am Geruch der Gepäckstücke erkannte ich, ob es eine ihrer Töchter mit den Enkelkindern aus Jeddah oder Dubai oder ihre Schwester aus Wien war, die stets mit drei großen Koffern ankam. Einer wurde schon während der Begrüßung geleert. Eine Schokoladen-Tafel folgte der anderen, gefolgt von Schwarzbrot, Germknödeln und eingefrorener Putenwurst, die leicht tropfte. Aus einem anderen Koffer wurden Medikamente geholt. Tabletten, Hustensäfte und Verbandsmaterial wurden übereinander aufgestapelt. Ihre

Schwester zählte die Namen und die Häufigkeit der Einnahme auf, die ihr Mann zur Sicherheit auch auf die jeweilige Verpackung geschrieben hatte. Die Wohnung war Ankunfts- und Abreiseort und der Vorraum Begrüßungs- und Verabschiedungshalle. Nur wenige Tage blieb ihre Schwester nach dem Entleeren ihrer Koffer. In dieser Zeit wurde üppig gekocht und nächtelang gelacht. Sie lachte von ganzem Herzen bis ihr das Lachen im Halse stecken blieb.

Sie schnappte nach Luft.

Sie brach vor Schmerz oder Freude in Tränen aus und wischte sich die Tränen an ihrer Bluse ab.

Sie schnappte nach Luft.

Sie drückte den linken Arm in ihren Bauchspeck.

Sie schnappte nach Luft.

Sie wedelte sich mit ihrer Hand Luft zu.

Sie schnappte nach Luft.

Erst Ende des Sommers sah ich die Koffer wieder, offen, mitten im Vorraum. Aus der Küche wurde ein Plastiksackerl nach dem anderen weitergereicht. Weinblätter, übereinander geordnet und gepresst, grüne und weiße Bohnen, getrocknete Okra und Minze. Wohin ihre Schwester auch flog, es schien dort keine Lebensmittel zu geben. Was sie mitnahm reichte vermutlich aus, bis die Sonne wieder niederknallte und Plastik zum Schmelzen brachte. Zuletzt kamen die Henna-Packungen. Wenn der Koffer bis zum Rand gefüllt war, riefen sie die Kinder im Haus. »Yallah Bismillah!« Die Kinder setzten sich vorsichtig auf den Koffer und machten sich schwer bis der Reißverschluss mühevoll zugezogen werden konnte. »تقبروني Inshallah!«, schrie sie enthusiastisch, obwohl diese Aussage nur an den Tod erinnerte. »Ihr sollt mich begraben, wenn Gott es so will.«

Nach einem dieser Sommer fing alles an.

Präsidenten stürzten in Nachbarländer.

Die Straße war belebt mit leblosen Menschen.

Anspannung lag in der Luft.
Ihre Nachbarin ging.
Sie blieb.
Ich blieb.

Gerüchte verbreiteten sich.
Ihre Tochter ging.
Sie blieb.
Ich blieb.

Alle kauften Vorräte.
Drei Enkelkinder gingen.
Sie blieb.
Ich blieb.

Wieder neue Vorräte.
Reis, Bulgur, Linsen, Öl, Kerzen, Gas.
Ihre Tochter ging.
Sie blieb.
Ich blieb.

Laute Explosionen.
Ihr Sohn ging.
Sie blieb.
Ich blieb.

Die Glasfenster lagen in Scherben am Boden.
Vier Enkelkinder gingen.
Sie blieb.
Ich blieb.

Ein neuer Checkpoint am Ende der Straße.
Ihre Tochter ging.
Sie blieb.
Ich blieb.

Die Nächte dauerten an.
Ihre Tochter ging.
Sie ging.
Ich ging.

Nach Beirut, wo ein Großteil der Familie unterschiedlich lange Zwischenstation einlegte. Sie packte dieses Mal nur einen kleinen Koffer für sich und ihren Mann. Ein paar Röcke, Strümpfe, Blusen,

Hosen und Pyjamas, aber nicht zu viele, denn wir wollten schließlich nur für ein paar Wochen bleiben bis sich die Lage stabilisiert hatte. Sie steckte mich zusammen mit ihrem Pass und der Heiratsurkunde in die Tasche. Ihrem Mann erzählte sie, dass sie lediglich ihre Tochter besuchen würden, was nur zum Teil eine Lüge war. Statt 15 Minuten fuhren wir ungefähr zwei Stunden zu einer Wohnung am Berg, wo bereits das Abendessen auf uns wartete. Die Wohnung war groß und alle Möbelstücke mit weißen Laken bedeckt. Der Boden war grau–braun und voller Staub und Sand. Vom Balkon aus sah man Bäume, Häuser, Lichter und dahinter das Meer. So schwarz, dass es fast so wirkte, als ob die Erde dort enden würde. Ich bekam einen neuen Platz auf einer Vitrine beim Eingang, mit Spiegel und Plastikblumen. Die Eingangstür war Dunkelbraun mit goldenen Türgriffen – sie öffnete sich so gut wie nie.

Die erste Woche verging.
Ihre Tochter putzte.
Sie putzte.
Ich wartete.

Die zweite Woche verging.
Ihre Tochter las.
Sie schlief.
Ich wartete.

Der erste Monat verging.
Ihre Tochter weinte.
Sie betete.
Ich wartete.

Der zweite Monat verging.
Der dritte Monat verging.
Der vierte Monat verging.
Ihre Tochter suchte Arbeit.

Ein halbes Jahr verging.
Ihre Tochter kaufte wieder Brot für eine Woche.
Sie legte Gurken ein.
Ich wartete.

Zwei Jahre vergingen.
Ihre Tochter arbeitete.
Sie packte wieder den Koffer ein.

Ich verschwand unter einer Staubschicht, umgeben von Münzen, anderen Schlüsseln, Rechnungen, zwei SIM-Karten, einem Knopf und einer Stecknadel. Das Warten wurde leichter, das Leben schwerer. Sie flog wie ein Geist durch die Wohnung, von oben bis unten in weiß gekleidet und gab keine Geräusche von sich. In jeder Ecke des Hauses hielt sie inne, um zu beten. Ihr Mann wiederholte nur einen einzigen Satz seit sie in Beirut angekommen waren. »خذوني على بيتي – Bringt mich nach Hause!« Er schrie wie ein Kind und lernte zu vergessen. An einem milden Wintermorgen beschloss sie mit ihrem Mann in ihre Wohnung zurückzukehren.

Ihre Tochter blieb, so wie ihre Hoffnung.

Die Umgebung hatte sich verändert. In der Wohnung waren die Türen für Vertraute geöffnet und für Fremde fest verschlossen. Das Kommen und Gehen wurde zum Verstecken und Warten. Bekannte von Bekannten kamen mit kleinen Koffern für wenige Tage oder kurze Nächte. Sie aßen etwas, sprachen genauso wenig wie sie schliefen und verschwanden wieder. Es wurden keine Fragen gestellt. Wenn sie aus Höflichkeit eine Konversation anregte, nach Verwandten fragte, dem Gemüt und der Gesundheit, bestanden die Antworten lediglich aus allgemeinen Phrasen. Als die anschließende Stille immer bedrückender wurde, warf sie »Wie wärs mit einer Tasse Kaffee?« in die Runde, stand auf und ging in Richtung Küche. Ich hörte das Gas, das Feuerzeug und die Flamme. Dann das kochende Wasser gefolgt von dem Löffel, der an den Rändern der Kanne kratzte. Der Kaffeegeruch trat vor bis zur Eingangstür. Ich war nun zurück an meinem alten Platz. Vor Schreck zerbrach die eine der beiden Vasen und so wurde die andere mit einer weißen Tischdecke mit feinen goldenen Mustern umwickelt und in einer Schublade zwischen anderen Stoffen verstaut. Die Decke mit dem Golddekor war ein fester Bestandteil der Familientreffen. Für das Essen wurde sie sorgfältig auf dem Tisch ausgebreitet. Die Speisen wurden zwischen den Mustern platziert. Der Goldfaden, der sich durch diese Decke zog, gab den unbedeutendsten Gegenständen einen Glanz und eine Wichtigkeit. Die wenigen Male, in denen ich auf dieser Tischdecke lag, wälzte ich mich auf den floralen Mustern bis der goldene Faden sich an einer meiner spitzen Kanten verfing und ich an Ort und Stelle erstarrte.

Die Tischdecke fand in den letzten Jahren kaum noch Verwendung. Es wurde nicht mehr festlich gekocht oder groß aufgetischt. Sie deckte nur für zwei ein. Es war einsam. Wenn es ganz still war, hörte ich das Lachen der Vergangenheit, das zwischen den Wänden einbetoniert wurde. Das war es, was sie hier versteckten. Ich erinnerte mich an Tage, an denen die Sonne bis zum Vorraum vordrang. Ich erinnerte mich an das Brautkleid jeder ihrer sechs Töchter. Ein Kleid strahlender als das andere, mit langen Schleppen und glitzernden Steinen. Ich erinnerte mich an die Ululation der Frauen, die jedes Trommelfell vor Freude zum Platzen brachte.

Eines Nachts zog ihr Bruder mit seiner Familie bei ihr ein. Im Pyjama und mit Tränen in den Augen standen sie sich gegenüber. Sie genoss die Gesellschaft, denn sie brachten sich gegenseitig zum Lachen. Wenn sie Barjees spielten und ihr Bruder einen schlechten Tag hatte, ließ sie ihn gewinnen. Ansonsten warf sie die Muscheln mit Selbstbewusstsein und bewegte ihre Figuren erbarmungslos über das Spielfeld.

Ihr Bruder verließ nie die Wohnung, lief nur auf und ab, von einem Raum zum nächsten. Es machte sie nervös. Das Verharren am immer Gleichen Ort raubte allen die Energie. Wenn es an der Tür klopfte, verschwand ihr Bruder ins hintere Zimmer und wartete auf ein Zeichen, dass keine Gefahr drohte und er wieder herauskommen konnte. Nie kam er den Fenstern zu nah. Er hielt einen gewissen Sicherheitsabstand. Doch wenn es draußen ganz dunkel wurde, schlichen sie sich raus auf den Balkon, um frische Luft zu schnappen, die dennoch leicht nach Abgasen, abgefeuerter Munition und verbranntem Müll roch. Ich kreiste dann um ihre Finger. Die Dunkelheit umhüllte sie. Nichts von ihnen war sichtbar, außer der brennenden Zigarette, die bei jedem Zug mehr zu leuchten begann. Zwischen den Zügen das leise Tuscheln der beiden. Ich hörte zu. In jeder ihrer Geschichten erzählten sie von sich selbst. Auf dem Balkon blieb die Zeit stehen. Die Stadt war in einem Bild gefangen, auf dem die Häuser und Menschen jedoch nach und nach verschwanden. Bis es selbst ihren Bruder verschlungen hatte.

Das Brot wurde teurer.
Sie blieb.
Ich blieb.

Neureiche wurden gefeiert.
Sie blieb.
Ich blieb.

Die Winter werden kälter.
Wir bleiben.

© Marie-Christine Gollner-Schmid

Luna Al-Mousli

geboren 1990, aufgewachsen in Damaskus, lebt und arbeitet heute als Autorin, Grafik Designerin und Illustratorin in Wien. Ihr erfolgreiches Debüt »Eine Träne, ein Lächeln. Meine Kindheit in Damaskus« wurde unter anderem mit dem Österreichischen Kinder- und Jugendbuchpreis ausgezeichnet.

Homepage: luniverse.xyz

Instagram: luna.almousli

Lena Elfrath
Leicht wie Blei
Roman
Gebunden, ca. 300 Seiten
ISBN 978-3-949671-04-3
20,00 € (D) | 20,60 € (A)

»Die letzte Kugel höre ich immer noch. Und nur ich. Das meine ich, wenn ich denke, dass ich Blei hören kann.«

Emma hat eine Pistole in der Hand und sie drückt ab. Acht Mal. Dann liegt ihr Vater leblos vor ihr. Mit acht Schüssen hat Emma sich befreit von dem jahrelangen Missbrauch, von Gewalt und systematischer Unterdrückung. Der Preis, den sie für ihre Tat bezahlen muss, ist hoch, denn acht Schüsse sind schließlich keine Notwehr, sondern Vorsatz. Doch nach ihrer Verurteilung fühlt Emma sich zum ersten Mal in ihrem Leben sicher, unsichtbar und frei. Doch als ihre Tat im Gefängnis publik wird und als feministischer Akt bald auch »draußen« Aufsehen erregt, überfallen Emma dunkle Gedanken: Kann man wirklich eine Heldin sein, wenn man einen Menschen, den eigenen Vater zumal, erschossen hat?

Lena Elfraths Roman *Leicht wie Blei* stellt Fragen rund um Täterschaft und Opferrollen und betrachtet den feministischen Diskurs aus ungeahnter Perspektive.

EDITION W

Alice Zeniter
Ich bin eine Frau ohne Geschichte
Ein Monolog
Broschiert, 96 Seiten
Aus dem Französischen von Tabea A. Rotter
ISBN 978-3-949671-02-9
14,00 € (D) | 14,40 € (A)

Und wo sind die Frauen?

Auch heute noch funktionieren die meisten Geschichten so: ein einsamer männlicher, oft weißer Held, besteht, garniert mit gewalttätiger und erotischer Action, eine abenteuerliche Herausforderung – Schluss, aus, Happy End.
Aber wie viele Geschichten gibt es, ob im antiken Drama, im preisgekrönten Hollywoodfilm, als Höhlenmalerei oder im täglichen politischen Diskurs, in denen hauptsächlich Frauen agieren und den Ton der Handlung bestimmen?
Pointiert und elegant dekonstruiert Alice Zeniter bekannte Heldenerzählungen und stellt klassische Narrative auf den Prüfstand.
Sie entlarvt unsere uralten Erzählgewohnheiten und tritt zugleich für die Kraft der Fiktion ein, die mehr als jeder Tatsachenbericht Brücken der Verständigung zwischen gesellschaftlichen Welten zu bauen vermag. Ein großes Lesevergnügen, nicht nur für Heldinnen.

EDITION W